쇼핑 중독녀의 최후

쇼핑 중독녀의 최후

발행일	2025년 9월 17일

지은이	천선희
펴낸이	손형국
펴낸곳	(주)북랩

출판등록	2004. 12. 1(제2012-000051호)
주소	서울특별시 금천구 가산디지털 1로 168, 우림라이온스밸리 B동 B111호, B113~115호
홈페이지	www.book.co.kr
전화번호	(02)2026-5777 　　　　　　　　　　　팩스　(02)3159-9637

ISBN	979-11-7224-862-8 03810 (종이책)　　　979-11-7224-863-5 05810 (전자책)

작가 연락처 문의 ▸ ask.book.co.kr

전용 게시판에 문의를 남기시면 저자에게 직접 전달됩니다.

(주)북랩 성공출판의 파트너

북랩 홈페이지와 SNS에서 다양한 출판 솔루션을 만나 보세요!

홈페이지 book.co.kr　•　**블로그** blog.naver.com/essaybook　•　**출판문의** text@book.co.kr
카톡채널 북랩

천선희 소설집

쇼핑 중독녀의 최후

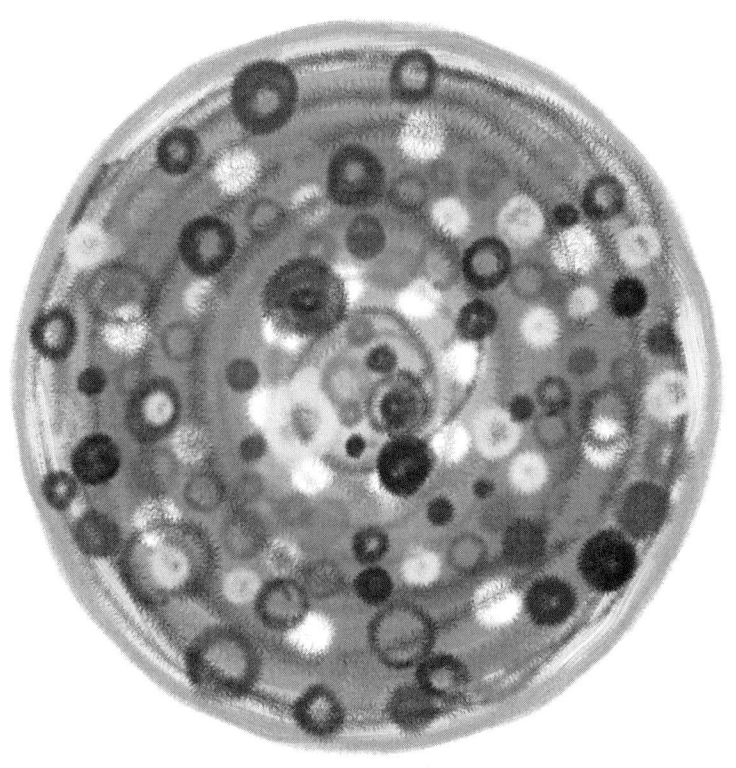

작별은 끝이 아니라,
다시 '나'로 날아오르기 위한 시작이다!
날고 싶었으나 날 수 없었던 순간들
그러나, 결국 언젠가 다시 날게 되는 우리 모두의 이야기

 북랩

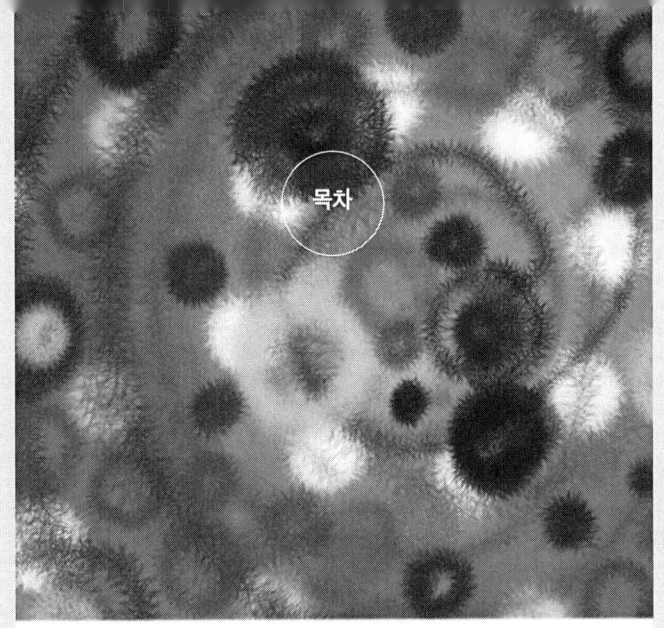

목차

쇼핑 중독녀의 최후

(2024 『계간 문장21』 봄여름호)

어디선가 정체불명의 소리가 들려온다. 그 소리는 크게도 들렸다, 작게도 들렸다 한다. 찬찬히 들어보면 굵은 톤의 소리가 나기도 하고, 가냘픈 소리가 나기도 한다. 때때로 답답함을 호소하는 소리가 나기도 하고, 크게 호통치는 소리가 나는 것 같기도 하다가, 뭔가 주제를 놓고 토론하는 듯하기도 하다. 민경은 꿈인가 싶어 자신의 허벅지를 꼬집어 보았다. 아팠다.

이 방에는 민경 혼자였다. 텔레비전이 켜져 있지도 않았다. 정말 귀신이 곡할 노릇이 아닐 수 없었다. 민경은 이 기분 나쁜 소리를 더는 듣고 싶지 않아 양손으로 귀를 막았다. 소용없었다. 오히려 음산한 소리는 더 크게, 더 요란하게 들려왔다. 민경은 더는 누워만 있을 수 없었다. 이불을 박차고 일어나 깜깜한 허공에 두 팔을 휘저었다. 하지만 무엇 하나 손에 잡히는 것이 없었다. 묵직한 공기의 저항만 강하게 느껴질 뿐이었다. 무서웠지만 허공의 삿대질은 멈추지 않았다.

"저리 안 가! 이 망할 놈의 귀신들. 감히, 네깟 육체도 없는 귀신들이 어디서 나를 괴롭혀!"

민경이 팔을 휘두르며 마구 떠들었다. 그렇게 떠든 지 5분 정도 지났을 때, 갑자기 소리가 멈췄다. 그것도 잠깐이었다. 얼마 안 있어 소리는 다시 나기 시작했다. 민경은 머리를 양손으로 감쌌다. 미치지 않고서야 하루가 멀다 하고 한 번씩 이런 환청에 시달릴 수는 없었다. 요새 잠을 제대로 자지 못했더니 정신이 나가버린 걸까? 민경은 별의별 생각이 다 들었다.

민경이 가끔 뜬눈으로 밤을 새우는 이유는 사실 쇼핑 중독 때문이었다. 그것도 국내 쇼핑이 아닌 해외 쇼핑을 하느라 밤을 새우고 있었다. 수년 동안 국내 쇼핑만 주구장창 하다가 해외 쇼핑으로 눈을 돌린 지 얼마 되진 않았지만, 재미가 쏠쏠했다. 해외 직구 사이트에 들어가 마음에 드는 물건을 검색하고 장바구니에 담고, 최종 구매를 다시 고민하고, 삭제하고, 다시 장바구니에 담기를 반복하다 보면 어느새 날이 밝아왔다. 비록 쇼핑으로 인해 날밤을 새는 날이 종종 있지만, 민경에게 해외 직구는 최고의 신세계이자, 황무지에서 만난 오아시스와 같았다. 적은 금액으로 많은 물건을 살 수 있고, 사고 싶은 물건들이 몽땅 들어있으니 이 얼마나 좋지, 아니한가 말이다. 하지만 문제도 있었다. 기쁨이 있으면 슬픔이 따르는 불변의 법칙이 해외 직구에서도 통용되었다. 최근 민경에게 일어난 두 건의 미배송과 한 건의 빈 상자 배송 건 때문에, 민경의 마음은 심히 불편해 있었다.

미배송 건 중 한 건은 월남치마였다. 하얀색 천에 빨갛고, 노란 모란꽃이 화려하게 그려진 비단 재질의 긴치마를 결재하고 배송 예상 기간 두 달을 꽉 채우면서까지 기다렸지만 배송되지 않았다. 다른 한 건의 미배송은 립스틱 세트였다. 두 건의 미배송은 금액이 얼마 안 돼서 그러려니 했지만, 빈 상자가 배송됐을 때는 감정을 억제하기 매우 힘들 만큼 화가 났다.

빈 상자 배송은 예상보다 빨리 한국에 도착했다. 민경은 들뜬 마음으로 기분 좋게 상자를 뜯었다. 그러나 상자 안은 텅 비어 있었다. 상자 안에 들어 있어야 할 물건은 순도 99.9%인 은에 굵은 토파즈 원석이 박힌 목걸이였다. 민경은 자신의 눈을 의심하고 다시 상자 안을 샅샅이 뒤졌지만, 목걸이는 나오지 않았다.

해외 직구 미배송 문제는 어제오늘 일은 아니었다. 뉴스에도 하루걸러 한 번씩 나오고 있었다. 민경은 뉴스를 접할 때마다 남의 일이라고 생각했었다. 그런데 막상 자신에게 닥치고 보니 어안이 벙벙했다.

사실 이번 빈 상자 배송 건은 구매 확인 버튼만 미리 누르지 않았어도 물건을 다시 받을 수도 있었다. 물건을 받기도 전에 구매 확인을 미리 눌렀으니, 통화도 아닌 메신저로 백날 따진다 한들 판매자가 민경의 말을 믿어 주지 않을 것이었다. 민경은 영어로 쓰여 있는 버튼을 번역도 해 보지도 않고 무작정 눌렀다. 그 버튼을 눌러야만 물건이 오는 줄 알았다. 나중에 알고 보니 배송 완료 후에 누르는 버튼이었다.

민경은 자신의 성급함과 무지함에 헛웃음이 나왔지만, 그래도 판매자에게 연락해 재발송을 시도해 보기로 했다. 어떻게 해서든지 빈 상자 속을 채우고 싶었다.

민경은 판매자와 연락할 수 있는 유일한 방법인 메신저를 열어 자초지종과 함께 빈 상자를 사진 찍어 보냈다. 다행히 자동번역기가 작동해 판매자와 소통하는 데는 큰 문제는 없을 것 같았다. 사흘 만에 판매자에게 답변이 왔다.

"당신의 글을 보고 우리는 최선을 다해 알아보았다. 하지만 특이 사항을 찾지 못했다. 우리는 정상적으로 물품을 보냈다. 절대 빈 상자를 보내지 않았다. 그 답은 CCTV가 말해 주고 있다. 다른 나라에서 보낸다고 이런 식으로 사기 치지 말았으면 좋겠다."

메시지 내용에 어이가 없어진 민경은 그런 게 아니라고 서너 번에 걸쳐 답글을 보냈지만, 판매자는 묵묵부답이었다. 민경은 생각할수록 화가 나서 살 수가 없었다. 영문도 모른 채 졸지에 사기꾼이 되어버린 자신에게 미안하기까지 했다. 국내 쇼핑몰이었다면 고객센터에 바로 전화해서 따져 물었겠지만, 해외 쇼핑몰이다 보니 이러지도 저러지도 못한다는 것이, 민경을 더욱 화나게 했다.

그냥은 못 넘어가겠다는 생각이 든 민경은 고심 끝에 판매자에게 메신저를 썼다. 첫 문장은 '친애하는 판매자님 보십시오.' 하며 예의를 갖추어 썼지만, 다음 줄부터는 욕이 저절로 써졌다. 욕은 육두문자를 포함해 어원을 알 수 없는 수많은 단어를 생각나는 대로 썼다. 한참을 정신없이 써 내려갔더니 장문의 문장이 되어 있었다. 이만하면 됐다 싶어 오타 확인도 하지 않고 바로 보내기 버튼을 눌렀다. 그때야 끌어오는 분노가 조금은 사그라드는 듯했다. 정말이지 속이다, 후련했다.

시간이 어느 정도 흘렀을 때 판매자의 반응이 궁금해진 민경은 실눈을 뜨고 메신저를 열어보았다. 그런데 메신저가 열리지 않았다. 마우스 우측 버튼을 몇 번이고 눌러봤지만, '페이지를 찾을 수 없다.'라는 문구만 떴다. 판매자가 민경을 차단한 것이었다. 결국, 민경에게 돌아온 건 판매자 쇼핑몰에서의 영구 추방이었다.

이 정도 겪었으면 더는 해외 쇼핑을 하지 않을 법도 했지만, 민경의 해외 직구 횟수는 날이 갈수록 늘고 있었다. 최근에 보고 있는 물건은 만년필 짝퉁이었다. 일명 몽블랑 ST(style)였다. 한 달 전 잠실 L 백화점에서 눈도장을 찍은 후부터 하루도 빠지지 않고 해외 쇼핑몰을 뒤지고 있었다. L 백화점에서 봤던 만년필과 소재부터 색깔까지 똑같은 물건을 찾다 보니 구매하는 데 시간이 길어지고 있었다.

민경이 찾는 만년필 이름은 '프린세스'였다. 눈송이처럼 새하얗고 묵직한 만년필은 이름처럼 오직 여왕을 위한 만년필이었다. 소재는 티타늄이었고, 색깔은 은색과 흰색이 함께 도색 되어 있었다. 만년필 머리 부분에는 장미 수정 원석이 눈물방울처럼 박혀있었다. 정말 고급스러움 그 자체였다.

L 백화점에서는 120만 원, 중국 해외 직구 사이트에서는 3만 5천 원에 판매 중인 만년필. 가격 차이는 어마어마했지만, 생긴 것은 정말 똑같았다. 제일 나중에 검색한 만년필이 백화점 물건과 토씨 하나 안 틀리고 똑같았다. 그 만년필을 장바구니에 담아 놓고 잠자리에 누운 지 한 시간도 채 지나지 않았을 때부터 민경은 정체를 알 수 없는 소리에 시달리고 있었다.

민경은 소름 끼치는 정체불명의 소리를 들으며 간신히 침대에서 일어났다. 이대로 있다가는 심장마비로 죽을 것만 같아 일단 안방 불부터 켜놓고 봐야겠다는 생각을 했다. 안방 불 스위치는 침대에서 3미터쯤 떨어진 벽 중간에 붙어 있었다. 큰 걸음으로 세 걸음만 떼면 안방 불을 켤 수 있는 짧은 거리였지만 오늘따라 너무도 길게 느껴졌다. 민경이 발걸음을 뗄 때마다 정체 모를 소리는 더욱 요란하게 들려왔다. 아무래도 안방 불을 켜지 못하게 방해하는 듯했다. 민경은 등골이 오싹해지고 무서움이 엄습해 왔지만, 눈을 질끈 감고 뛰어가 스위치를 켰다. 순식간에 어둠의 소굴이었던 방안이 환해졌다. 동시에 기분 나쁜 소리도 뚝 멈췄다. 어처구니가 없었다.

이제야 긴장이 좀 풀린 민경은 후들거리는 다리를 이끌고 거실로 나왔다. 거실 불을 켜자, 아기자기하게 꾸며진 넓은 공간이 한눈에 들어왔다. 민경은 다른 공간보다 거실을 꾸미는데 유독 신경 썼다. 화병의 꽃은 날마다 새로운 꽃으로 갈아 놓았고, 식탁보는 언제나 실크였으며 소파 커버나 테이블 보 또한 시도 때도 없이 바꾸었기 때문에 거실은 늘 새로운 공간처럼 산뜻하고 고급스러웠다.

민경은 자신이 정성 들여 꾸며놓은 거실 곳곳에 티끌만큼이라도 작은 이물질이 묻으면, 여지없이 버리고 새로 샀다. 남편과 아이들은 민경의 이상 증상을 오래전부터 눈치채고 있었지만, 어떠한 조치를 취하기에는 너무도 멀쩡했기 때문에 그저 지켜볼 뿐이었다. 그렇다고 무작정 넋 놓고 보고만 있던 것은 아니었다. 말려도 보고, 달래도 보고, 심지어 카드까지 정지시켜 봤다. 하지만 모두 헛수고였다. 민경은 어떤 방법을 써서라도 다시 쇼핑할 수 있는 상황을 만들었다. 말리면 말릴수록 민경의 정신 나간 행동은 더 심해졌다. 시도 때도 없이 집 안이 떠내려가듯 소리를 지른다든지, 몸을 자해한다든지, 며칠씩 집을 나가 들어오지 않는다든지, 유서를 써 놓고 자살소동을 벌인다든지 했다.

민경이 쇼핑에 빠지게 된 계기는 따로 있었다. 둘째 낳고 더 심해진 산후우울증과 갑자기 돌아가신 친정아버지의 죽음 때문이었다.

민경은 남들 다 간다는 산후조리원 한 번을 못 가고 있는 자신의 신세가 한탄스럽기 짝이 없었다. 첫째 때는 느끼지 못했던 삶의 비참함이 물밀듯 밀려왔다. 지독한 피해의식에 사로잡혀 심각한 우울 상태에 빠질 때는, 옥상에 올라가 목을 맬 생각까지 했었다. 그때마다 이제 아장아장 걸어 다니는 큰아이와 갓 태어난 둘째 아이가 눈에 밟혔다.

민경이 산후조리원을 못 간 데는 시어머니의 반대가 한몫했다. 남편은 마마보이여서 시어머니의 말이 곧 법이었다. 거역할 수 없는 절대자의 말. 하나님보다 더 무서운 존재. 그런 남편이었으니, 민경은 시어머니의 말을 따를 수밖에 없었다. 민경은 남편을 사랑했다. 이럴 때일수록 빵빵한 친정 식구라도 있었다면 민경의 우울감은 덜 했겠지만, 민경은 무남독녀 외동딸이었고, 어머니는 돌아가시고 없었다. 펼쳐진 상황은 어찌할 수 없지만, 둘째 때만큼은 산후조리원에 꼭 들어가고 싶었다. 첫째 때 못했던 몸조리까지 다 받고 나오고 싶었다. 민경은 용기를 내어 시어머니에게 말했다.

"어머니, 산후조리원에 들어가고 싶습니다. 첫째 때도 못 갔으니 둘째 때는 들어가서 쉬고 싶습니다."

"무슨 뚱딴지 같은 소리냐?"

"말 그대로입니다. 저도 남들처럼 산후조리원 가서 제대로 산후조리 받고 나오고 싶습니다. 허락해 주세요."

"얘가 뭘 잘 못 먹었나? 안 하던 짓을 하네. 아닌 말로다, 지금이야 여자들이 호강요강 하는 거지, 옛날 같았으면 병원이 어디 있고, 조리원이 어디 있었냐? 나도, 네 남편 낳은 지 3일 만에 밭에 나간 사람이다."

"지금은 시대가 바뀌었잖아요."

"쓰잘데기없는 소리 그만해라. 거기다 쓸 돈 있으면 나를 줘라, 나를……. 내가 책임지고 삼칠일까진 미역국 끓여다 바칠 테니까."

민경은 시어머니의 단호함에 더는 말을 잇지 않았다. 물론 미역국 끓여달라는 소리도 하지 않았다. 시어머니 또한 어디 한번 해 봐라, 인지 민경의 처신만 볼 뿐 삼칠일 지날 동안, 단 한 번 도 나타나지 않았다. 민경은 그때부터 이를 악물고 첫째까지 돌봤다. 남편은 주말부부였으므로 도와줄 수가 없었다. 그러는 동안 민경의 몸은 점점 만신창이가 되어가고 있었다. 출산으로 심하게 약해진 뼈 마디마디가 금방이라도 으스러질 것만 같았고, 시리고 아팠다. 그때 친정아버지가 소리소문없이 나타났다.

경비 일을 하던 아버지는 민경의 산후조리를 위해 일주일간 휴가를 받았다고 했다. 아버지는 집에 오자마자 민경이 감동할 새도 없이 이것저것 손대기 시작했다. 민경에게는 손 하나 까딱하지 못하게 하면서 당신은 잠자는 시간 빼고 쉴 새 없이 움직였다. 민경이 꼼지락거리는 시늉이라도 할라치면 눈이 뒤에도 달린 외계인처럼 어디선가 나타나 앞을 막았다. 민경은 그런 아버지를 보면서 가슴이 아렸다.

민경은 자신이 삼십 평생 살아오는 동안 아버지에게 고마움을 느껴 본 적이 단 한 번도 없었다. 말이 없는 아버지가 극도로 싫었다. 학창 시절 비행 청소년들과 어울려 다닐 때도 아버지는 회초리 한 번, 따귀 한 번을 때리지 않았고, 담임에게 불려 갔을 때도 무조건 죄송하다고 빌기만 했다. 딸아이 잘못 키운 제 탓이라며 울먹거리기 일쑤였다. 민경은 그때마다 아버지가 야속하기만 했다. 차라리 죽일 년, 살릴 년 하면서 머리채를 쥐어 잡고 흔들기라도 했으면 했다. 민경은 아버지가 자신에게 미운 정조차 주지 않았다고만 생각했다.

아버지는 휴가받은 일주일을 채우고, 그날 세상을 떠났다. 믿을 수 없었지만, 경찰이 하는 말은 모두 사실이었다.

아버지는 딸에게 해 주고 싶었던 일을 다 한 후 집으로 돌아가기 위해 민경의 집을 나섰다. 그리고 집을 나선 두 시간 만에 싸늘한 주검이 되어 돌아왔다. 교통사고였다. 경찰은 아버지가 타고 있던 버스가 빗길에 미끄러지면서 가드레일을 넘어 가파른 언덕에서 두 번 구른 뒤 멈췄다고 했다. 이 사고로 20명의 탑승자 중 두 명만 사망했다고 했다. 그중 한 명이 아버지였다고 했다.

민경은 충격에 빠져 정신을 차릴 수가 없었다. 장례도 어떻게 치렀는지 모를 만큼 실성한 상태로 아버지를 하늘나라로 보냈다. 순간적 박탈감에 민경은 제정신이 아니었다. 아버지가 민경의 집 현관문을 나서며 작별 인사를 할 때, 몸을 좀 더 추스른 후 찾아뵙겠다고 약속했었다. 그때는 진심으로 고마움을 표시하고 싶었다. 그동안 못했던 자식 노릇도 원없이 하고 싶었다. 하지만 그건 꿈속에서나 가능한 일이 되었다.

◉ ◎ ◎

　아버지가 돌아가신 지 1년이 넘어갈 때까지도 민경의 마음은 가라앉지 않았다. 늘 가슴 깊은 곳에서 슬픔이 올라왔다. 머릿속은 온통 아버지와 함께했던 일주일의 시간만 떠올랐다. 아이들이 젖 달라, 밥 달라 울어대도 민경은 만사가 귀찮았다. 복잡한 마음을 추슬러 보려 명상도 해 보고, 종교도 가져봤지만, 허한 마음을 다스리기엔 역부족이었다. 그러다가 신세계를 만났다. 쇼핑의 세계였다.

　민경에게는 쇼핑만이 살길이었다. 정신없이 쇼핑 창을 뒤지고 있으면 오만 잡생각이 사라졌고, 그 순간만큼은 행복했다. 민경의 행복지수가 올라간 만큼 구매한 물건도 점점 많아졌다. 옷, 신발, 가방, 가전제품 등 종류는 가리지 않았다. 선택 장애가 심했던 민경은 한가지 물건이 마음에 들면 색깔별로 몽땅 구매했다. 버리지도 못했다. '언젠가는 다 입을 거야' 하며 장롱 안에 쟁여놨다. 그래도 다행인 것은, 외부인들이 들락거리는 거실만큼은 완벽할 만큼 깔끔하게 정리했다. 완전 범죄를 꿈꾸는 민경의 계략은 늘 성공적이었다. 그 사실은 남편과 아이들밖에 몰랐다.

　"엄마 잠 안 자고 뭐해?"

　둘째가 정수기 물 떨어지는 소리를 듣고 나와 민경에게 말했다.

　"옷장 안에서 자꾸 이상한 소리가 나서 잠을 못 자겠네……."

민경은 물컵에 담긴 냉수를 벌컥벌컥 마시며 말했다.

"또, 무슨 꿈인데요?"

"꿈이 아니라, 실화라구."

"아, 알았어요. 무슨 소리가 자꾸 난다는 거예요?"

둘째는 엄마의 엉뚱한 소리가 한두 번이 아니라는 듯 물었다.

"글쎄 엄마 옷장 있지, 그 안에서 또 떠드는 소리가 나는 거야. 한두 명이 아니라 목소리 톤으로 봐서는 열 명 아니 이십 명도 넘는 목소리가 뒤섞여서 마구 떠들어 대는 것 같다니까."

"그게 말이나 돼요?"

"진짜야."

"엄마는 꿈속의 소리를, 실제 소리로 착각하고 있는 거 같아요."

"얘가, 엄마 말을 안 믿네. 엄마가 옷장을 열어보려고 하다가 너무 무서워서 거실로 나온 거야."

"알았어요. 엄마 말 믿을게요. 이제 들어가서 주무세요. 내일 아빠 오시는 날인데 일찍 일어나서 아빠가 좋아하는 음식 준비하셔야죠."

엄마와 말이 길어질 걸 예상한 둘째는 재빨리 맞장구를 치고, 자신의 방으로 돌아섰다.

"그래야지. 너희 아빠가 좋아하는 반찬 만들려면 빨리 자야겠다."

다시 방으로 들어온 민경은, 방 불을 켜 둔 채 침대에 누웠다.

방 불을 꺼야 깊은 잠을 잘 수 있는 성미였지만 무서워서 불을 끌 수가 없었다. 서너 번 뒤척이다 간신히 잠이 들었는데 아침까지 한 번도 깨지 않고 푹 잤다. 마음 같아서는 좀 더 눈을 붙이고 싶었으나 아이들이 학교 갈 채비를 하느라 분주하게 움직이고 있어서 눈이 떠질 수밖에 없었다.

◉ ◎ ◎

민경은 피곤했지만, 아이들을 학교에 보내 놓고 더 자기로 하고, 토스트 두 개를 구워 우유와 함께 식탁에 올려놓았다. 한참 중 2병에 걸린 첫째는 건드려봤자 민경에게 돌아오는 건, 엄마를 '거울 치료' 대상자로 만드는 일 뿐이었다. 민경이 하는 말투, 행동 등을 그대로 따라 하며 치료한다는 첫째와는 상종도 하기 싫었다. 그럴 때마다 입에서 욕이 자동으로 나왔지만, 꾹 삼켰다. 될 수 있으면 비위를 안 건드리는 게 상책이었다.

아이들은 민경의 정성과는 상관없이 토스트를 먹는 둥 마는 둥 하다 서둘러 집을 나섰다. 다녀오겠다는 인사도 없는 아이들이었지만 민경은 서운하지 않았다. 그저 좋을 뿐이었다. 자유로운 시간, 행복한 시간이었다. 누구의 눈치도, 간섭도 없이 쇼핑을 즐길 수 있는 시간이었다.

민경은 널부러져 있는 식탁을 뒤로한 채 리모컨을 들어 텔레비전을 켰다. 바로 나오는 화면은 당연히 홈쇼핑 채널이었다. 쇼호스트가 팔고 있는 물건은 양가죽 소재의 펌프스였다. 그렇게 비싸지도 않았다. 색깔은 아이보리, 화이트, 검정, 빨강, 그레이가 있었다. 민경은 빨강과 블랙, 화이트 색상에 눈이 갔다. 아차 하면 지를 기세였다. 하지만, 지르지 않았다. 온라인 쇼핑을 비교해 보고 질러도 지를 참이었다. 민경은 스마트폰으로 자주 들어가는 온라인 쇼핑몰 앱에 들어가 양가죽 펌프스를 검색했다. 비슷한 제품이 마구 쏟아져 나왔다. 가격만 조금씩 다를 뿐 재질은 비슷했다. 민경은 장바구니에 담기 전 먼저 관심 품목으로 지정했다. 손이 근질근질했지만, 오늘은 마트부터 갔다 와야, 했다. 충청도에서 수학 교사로 재직하고 있는 남편이 올라온다고 한 날이었다

남편은 항상 금요일까지 수업하고, 학교가 끝나기가 무섭게 곧장 집으로 올라오는 FM형 인간이었다. 쏜살같이 집에 올라오면 일요일 오후까지 아이들과 함께하다 숙소로 복귀했다. 남편의 자식에 대한 애착은 타의 추종을 불허할 만큼 강했다. 하지만 언제부턴가 남편이 집에 올라오는 횟수와 집에 머무는 시간이 점점 줄어들고 있었다. 가끔 제날짜에 올라올 때도 있었지만 그때는 여지없이 하룻밤만 자고, 아침 일찍 숙소로 내려갔다. 아이들이 빨리 내려가는 이유를 물으면 학교에서 못다 한 일이 있다고 하거나, 당직이라는 말을 반복해서 써먹었다. 남편이 재직하고

있는 학교는 교사 한 명이 한 달에 두 번 이상 당직을 설 일도 없을뿐더러 학교를 지키는 경비가 따로 있는 것으로 민경은 알고 있었다. 민경의 촉 레이더에 남편의 의심스러운 정황이 여러 번 포착되고 있었지만, 민경은 남편을 사랑했다. 민경은 일주일 내내 쇼핑에 미쳐 살다가도 남편이 오는 날만큼은 내조의 여왕으로 변신하는 이유였다.

◉ ◎ ◎

저녁 메뉴를 아귀찜으로 정한 민경은 마트에 가기 위해 옷장 문을 열었다. 옷장 문을 열자마자 기다렸다는 듯 켜켜이 쌓여있던 옷들이 순식간에 쏟아져 나왔다. 민경의 얼굴이 옷 무더기 속에 파묻혔다. 민경은 자신의 머리 위로 쌓인 옷들을 헤집으며 태연하게 일어났다. 옷장 문을 열 때마다 일어나는 일이니 놀랄 일도 아니었다.

민경은 간신히 몸을 일으켜 엉켜 있는 옷들 속에서 입고 나갈 옷을 골랐다. 이것저것 손에 잡히는 대로 골라 몸에 대 봤지만, 오늘따라 마음에 드는 옷이 없었다. 그래도 나체로 나갈 수는 없었기에 방바닥에 굴러다니는 옷 중에서 눈에 들어오는 옷을 하나씩 입었다. 윗도리는 앙고라 소재로 된 분홍색 풀오버를 입었고, 아랫도리는 무릎 밑까지 내려오는 플레어스커트를 입었다. 겉옷은 바바리코트 대신 작년에 홈쇼핑에서 산 여우 털 조끼를 걸쳤다. 허전한 다리는 커피색 스타킹 대신 기모 스타킹을 신고 마트로 향했다. 초겨울이었지만, 한겨울처럼 추웠으므로 따뜻하게 입지 않으면 감기에 걸리기 딱 좋은 날씨였다.

마트 쇼핑은 간단하고 짧게 끝났다. 저녁상 메뉴는 아귀찜이었으니, 아귀를 두어 마리 사면 되었고, 부수적인 재료로 채소 몇 가지와 미더덕 정도만 사면 시장은 다 본 것이었다. 기본적인 양념은 집에 다 있는 것들이었다.

옷장과 씨름하며 신경 쓰고 나온 시간에 비하면 덧없이 싱거운 쇼핑이었지만, 마음에 드는 옷을 입고 예쁘게 치장하고 집을 나서는 과정에서 행복감을 느끼는 민경이었다.

아귀찜이 거의 다 되어갈 때쯤 남편이 현관문을 열었다. 집에 도착하는 시간은 여전히 FM이었다. 남편은 주방에서 자신을 반기는 민경은 처다보지도 않고, 신발을 벗고 바로 식탁에 앉았다. 민경이 손이라도 씻고 오라고 하자, 허기가 져서 밥부터 먹고 씻겠다고 했다. 남편의 눈동자는 먼 산을 바라보고 있었다. 아이들도 아빠 인기척을 듣고는 각자의 방에서 나왔다. 민경은 따뜻한 흰쌀밥을 보기 좋게 담아 남편과 아이들 앞에 놓고, 미리 준비된 밑반찬 뚜껑을 열었다. 마지막으로 다 된 아귀찜을 식탁 가운데 올렸다.

남편은 아귀찜을 올려놓자마자 며칠은 굶은 사람처럼 순식간에 밥 한 공기를 비우고 한 공기 더 달라고 했다. 민경은 빈 공기에 밥을 푸면서 혼자 웃었다. 남편이 음식을 맛있게 잘 먹어준 것이 고마워서였다. 남편은 입맛이 까다롭기로 소문난 사람 중 한 명이어서, 어떤 음식이든 입맛에 맞지 않으면 밥공기를 다 비울 때까지 그 음식에는 손을 대지 않는 사람이었다. 이번 아귀찜은 남편의 입맛에 제대로 맞았는지 잘 먹어주니 기쁠 따름이었다.

남편은 밥 두 그릇을 해치우고 발만 씻고 안방으로 들어갔다. 예전 같았으면 온수 샤워를 개운하게 했을 터였지만 요새는 발만 씻고 잤다. 민경과 이렇다 할 대화도 없었다. 밥 먹는 동안 아이들과 몇 마디 오고 간 것이 전부였다. 민경은 올라올 때마다 점점 변해가는 남편의 행동에 서운함을 느끼고 있었지만, 수업 끝나자마자 먼 길 오느라 피곤해서 그런다고 스스로 합리화시켰다.

아이들까지 식사를 끝내고 식탁에서 일어서자 그때야 민경은 남은 반찬을 한데 모아 비빔밥을 만들었다. 참기름까지 뿌리고 나니 군침이 저절로 돌았다. 아귀찜 만드느라 점심부터 굶고 있었던 민경은 먹음직스럽게 비벼진 비빔밥을 냄비 채 들고 허겁지겁 먹었다. 얼마 만에 느껴 보는 맛인지 지금 죽어도 여한이 없을 만큼 맛있었다.

민경은 뱃속에 더는 들어갈 공간 없을 때까지 비빔밥을 입속에 넣은 후 식탁을 정리했다. 너무 배가 불러 일어나기도 힘들었지만, 식탁은 치워야 했으므로 간신히 일어났다. 빈 그릇을 싱크대로 옮길 때마다 뱃속이 울렁거렸다. 금방이라도 방금 먹은 비빔밥이 입 밖으로 튀어나올 것만, 같았다. 민경은 식탁을 치우다 말고, 화장실로 뛰어가 변기통에 얼굴을 집어넣었다. 그 순간 식도까지 차 있던 비빔밥이 변기통으로 쏟아져 나왔다. 동시에 눈 흰자위가 시뻘겋게 충혈되고, 눈가에 눈물이 그렁그렁 맺혔다. 하지만 토악질은 멈추지 않았다. 위에서 노란 물이 역류할 때까지 쏟아내고 나니 뱃속이 진정되었다. 민경은 거울에 비친 자신의 새빨간 동공과 몰골을 쳐다보며 피식 웃었다.

민경이 주방 정리를 다 끝내고 안방에 들어갔을 때는 남편은 자고 있었다. 감은 눈꺼풀이 불안정하게 움직이는 것을 보니 조금 전까지 눈을 뜨고 있었던 듯했다. 하지만 민경은 남편을 부르지도 흔들어 보지도 않고, 이불 속으로 들어갔다. 하루 내내 아귀찜 만드느라 피곤했는지 민경은 눕자마자 깊은 잠에 빠져들었다.

잠이 든 지 얼마나 지났을까? 민경의 귓가에 웅성거리는 소리가 들려왔다. 어젯밤에 들려왔던 그 웅성거림이었다. 민경은 귀에 거슬렸으나 둘째 말마따나 꿈이기를 바라며 태연하려고 애를 썼다. 하지만 웅성거리는 소리는 사라지지 않았다. 이번에는 이불을 뒤집어쓰고 주기도문을 조용히 읊었다. 민경은 교회를 열심히 다니지 않았지만, 유튜브에선가 주기도문을 외우면 귀신들이 달아난다는 소리를 듣고 외웠다. 주기도문도 약발이 닿지 않았다. 민경을 약 올리기라도 한다는 듯 웅성거리는 소리는 더 크게 더 가까이 들려오고 있었다. 그때까지도 남편은 코를 골며 자고 있었다. 더는 참지 못한 민경은 남편 어깨를 흔들며 소리쳤다.

"여보, 여보! 일어나 보세요. 여보, 제발 좀, 일어나 봐요!"

"아, 진짜! 또 왜 그러는데!"

남편은 자신의 팔을 정신없이 흔들고 있는 민경을 힘껏 밀치며 일어났다.

"여보, 가만히 들어봐요. 저 옷장 안에서 소곤거리는 소리가 들리지 않아요. 무서워 죽겠어요."

민경은 남편의 등 뒤로 숨으며 말했다. 눈동자는 초점을 잃었고, 몸은 떨고 있었다.

"제발, 잠 좀 자자. 집에 올 때마다 이게 뭐니? 정말 이제 지친다, 진짜. 더는 못 참겠다."

◉ ◎ ◎ ◎

남편은 언제부턴가 잊을 만하면 한 번씩 정신 나간 행동을 하는 민경에게 점점 한계를 느끼고 있었다. 그나마 한 달에 두세 번 보는 주말부부라 버틴 것이었다. 매일 같이 살았다면 벌써 이혼 도장을 찍었을지도 모르는 일이었다.

문제는 잠들기 전까지는 지극히 정상이라는 데 있었다. 한참을 자다가 잠에서 깨어나서 헛소리하는 것이었다. 헛소리만 하고 끝나면 그나마 다행이었다. 심할 때는 까만 눈동자가 안구 너머로 사라지고, 흰자위만 둥둥 떠다닐 때도 있었다. 그런 상태에서 고함까지 칠 때면 순간 민경의 두 뺨을 마구 갈리거나, 머래채를 잡고 이리저리 흔들고 싶을 때도 있었다.

이러지도 저러지도 못한 채 세월은 가고 있었고, 민경이 한 번씩 이런 증상을 보일 때마다 남편은 집에 오고 싶은 마음이 사라졌다. 계속해서 이렇게 지내다 보면 언젠가는 위태위태하게 연결된 끈을 놔버릴 것만, 같은 불길한 예감도 들었다. 아이들이 아직 어려서 교육적으로나 정서적으로 안정감을 주기 위해 집을 억지로 오고는 있었지만, 언제까지 버틸지는 알 수 없었다.

"당신은 이 소리가 안 들린다는 거예요? 저 소름 돋는 소리를 내 귀에만 들린다는 거예요? 여보, 제발 저 옷장 안에 있는 것들을 다 쫓아 주세요. 한두 놈이 아니에요. 저를 금방이라도 죽일 것만 같다고요."

민경은 남편의 악쓰는 소리도 들리지 않았는지 계속해서 같은 말을 반복하고 있었다. 옷장을 열어달라, 나를 죽이려 한다. 쫓아 달라……. 남편은 더는 참을 수가 없어서 침대에서 내려왔다. 계속 집에 있다가는 자신도 정신 줄을 놓을 것만 같았다. 어쩌면 민경을 목 졸라 죽일 수도 있겠다는 극단적인 생각까지 들고 있었다.

더는 안 되겠다 싶어진 남편은 벗어놨던 옷을 주섬주섬 입었다.

"아악~!"

남편이 막 방문을 나서려는데 뒤늦게 정신이 돌아온 민경이 고함을 쳤다.

"멈춰요, 여보. 제발, 내 곁을 떠나지 마세요!"

민경의 목소리를 들은 남편이 발걸음을 멈췄다.

"나 좀, 도와줘요. 저 좀 살려줘요!"

"정말, 왜 그러는 거야? 뭐가 문제여서 밤만 되면 헛소리를 하느냐고!"

"당신은 저 소리가 정녕 들리지 않는다는 거예요."

"무슨 소리가 들린다는 거야! 당신 때문에 나도 돌아버리겠어!"

"그러지 말고, 저 안에 있는 것들을 쫓아 주세요. 당신이 도와주지 않으면 저것들은 순식간에 나를 덮치고야 말 거예요. 내 몸에 뚫려 있는 숨구멍이라고 생긴 것들을 모조리 막고야 말 거에요. 그럼 저는 질식해서 서서히 죽어가겠죠. 입과 콧구멍으로 미세하게 들어오는 산소로 간신히 버티다가 결국에는 숨을 거두고 말 거에요."

민경은 옷장 쪽을 바라보며 흐느꼈다.

남편은 민경이 서 있는 옷장 쪽으로 시선을 옮겼다. 도대체 저 안에 뭐가 있다는 것인가? 무슨 소리가 난다는 말인가? 아무리 귀 기울여봐도 자신의 귀에는 어떠한 소리도 들리지 않았다. 남편은 제정신이 아닌 아내가 극도로 미웠지만, 서글피 우는 아내의 흐느끼는 소리에 옷장을 향해 걸었다. 그리고 이 집에 살면서 단 한 번도 열어보지 않았던 아내의 옷장 문을 양손으로 힘껏 잡아당겼다. 옷장 문이 열리자마자 안에 있던 잡동사니들이 와르르 쏟아져 나왔다. 남편은 저절로 벌어진 입을 다물 수가 없었다. 어떻게 이 좁은 공간에서 저렇게 많은 물건이 쏟아져 나올 수 있는지 신기할 따름이었다. 교사였지만 욕이 저절로 나왔다.

"이러니 꿈자리가 사나울 수밖에 없지. 이게 다 뭐니? 무슨 고물상도 아니고……. 넌…… 정신병자 맞다."

옷장을 확인한 남편은 민경에게 조금이나마 남았던 미운 정까지 모두 달아났다. 이렇게 오만 정나미가 다 떨어지고 나니, 집에 있는 이 순간조차도 지옥처럼 느껴졌다. 남편은 뒤도 돌아보지 않고, 집을 뛰쳐나왔다. 그리고 계단을 내려가는 동안 내연녀에게 전화했다. 내연녀는 기다렸다는 듯 바로 전화를 받았다. 남편은 금방 내려갈 테니 문 좀 열어주라고 말했다. 남편의 내연녀는 같은 학교 여선생이었다. 여선생 또한, 이혼하고 혼자 살고 있었으므로 부담 없이 만나고 있었다. 정신 나간 아내와는 대화도, 부부관계도 아무것도 되지 않으니, 수컷의 본능에 이끌린 어쩔 수 없는 선택이었다.

민경이 뒤따라 나갔을 땐 남편은 이미 계단 끝까지 내려가 있었다. 민경이 남편을 연거푸 불렀지만, 돌아보지 않고, 어디론가 전화하는지 핸드폰을 귀에 대고 있었다. 남편과 통화하는 상대의 목소리가 민경에게 들려왔다. 여자 목소리임이 분명했다. 차디찬 밤공기가 섞여 들려오는 여인의 목소리는 선명하고 우렁찼다. '알았어요. 조심히 오세요.' 그 소리를 들은 민경은 그 자리에서 정신을 잃고 말았다.

민경이 정신을 차렸을 때는 침실이었다. 창문 너머로 들어오는 햇빛의 양을 보니 아침은 아니고, 오후의 햇살이었다. 겨울이기에 해가 더 빨리 기울고 있는 것이었다. 민경은 몸을 일으켜 세워 침대에서 내려왔다. 목이 말라 더는 앉아 있을 수가 없었다. 침대 밑은 아수라장이었다. 널브러져 있는 옷가지들을 보니, 어젯밤 일이 생생하게 떠올랐다. 그리고 기억의 끝은 여자 목소리였다. 메아리쳐 들려오던 그 목소리. '조심히 오세요!' 되새김질하던 민경은 악을 쓰며 통곡했다. 아무리 악을 써도 막힌 가슴은 뚫어지지 않았다. 누군가가 달려와 자신을 위로해 주기만을 바라보지만, 민경 곁엔 아무도 없었다.

민경은 실성한 사람처럼 옷장을 향해 걸었다. 발 디딜 틈도 없이 널브러진 옷가지 사이를 헤집고 열려 있는 옷장 앞에 가 섰다. 옷장 안은 평소와 다를 것이 없었다. 언제나 그랬듯, 옷을 비롯한 잡동사니들이 층층이 쌓여있었다. 물론 자리싸움에서 밀린 물건들은 방바닥에 나뒹굴고 있었다. 그건 당연한 현상이었다. 원래 그런 것 아닌가? 민경은 고개를 옷장 깊숙이 넣고 손을 휘저었다. 무엇을 찾고 있는지 자신도 몰랐지만, 찾아야만 된다고 민경은 생각했다. 새벽마다 자신을 괴롭히는 소리, 소리를 생산해 내는 그 무엇, 그 무엇이 이 옷장 안에 분명 있을 것이었다. 소리는 늘 이 옷장에서부터 시작했다.

그러나 아무리 뒤져도 민경이 찾는 그 무엇은 찾을 수 없었다. 민경은 한참을 멍하니 앉아 있다 벌떡 일어났다. 웃음이 터져 나와 더는 앉아 있을 수가 없어서였다. 애초에 자신이 찾는 물건은 세상 어디에도 존재하지 않는다는 것을 그제야 알았다. 민경이 찾는 그것은 만질 수도 볼 수도 없는 것들이었다. 민경은 배꼽을 잡고 웃었다. 한낱 육체도 없는 영혼 주제에, 환생하지 못해 떠도는 잡귀 주제에 술래잡기하듯 꼭꼭 숨어 자신을 괴롭히고 있다고 생각하니 기가 찼다. '그래 어디 한번 해 보자. 너희들이 떠나지 않는다면 나도 방법은 있다.' 민경은 혼자서 중얼거리며 밖에서 휘발유 통을 가지고 들어왔다. 대청소할 때 쓰려고 한 달 전에 구매해 놓은 것이었다. 껌이나 볼펜 똥 같은 것이 묻었을 때 사용하면 직방이어서 사다 놓았지만, 정작 사용한 적은 한두 번 뿐이었다.

◉ ◎ ◎

민경은 휘발유 통을 들고 안방으로 들어가 뚜껑을 열었다. 기름 냄새가 순식간에 코끝을 자극했다. 잠깐 정신이 몽롱했지만, 이내 중심을 잡고 휘발유를 옷장 안에 구석구석 들이부었다. 철, 철, 철 쏟아지는 휘발유 소리는 마치 계곡에서 쏟아지는 폭포수처럼 시원시원하게 들려왔다. 한 방울도 남기지 않고 옷장에 휘발유를 다 부은 민경은 서랍에서 라이터를 꺼내 들었다. 이제 라이터만 켜면 모든 게 끝난다. 민경은 눈을 지그시 감고 숨을 깊숙이 들이마셨다. 과거가 주마등처럼 스쳐 지나갔지만, 이제 와서 후회한들 부질없는 짓이었다. 단지, 아직 미성년자 아이들에게는 너무도 미안했다. 길게 보면 정신 나간 엄마는 어쩌면 없는 게 더 나을 수도 있었다. 수학 교사인 아빠가 잘 키울 것이니 민경은 아이들 걱정은 그만하기로 했다.

민경은 감았던 눈을 뜨고 방바닥에 널브러져 있는 옷에 라이터 불을 켰다. 불은 옷에 대자마자 순식간에 타올랐다. 민경은 골든타임을 놓칠세라 불이 붙은 옷을 잽싸게 옷장에 던졌다. 옷장 안은 순식간에 불바다가 되고 있었다. 타오르는 불꽃이 옷장 속 잡동사니를 하나하나 삼킬 때마다 비명이 들려왔다. 민경이 새벽마다 들었던 그 소리였다. 굵고 묵직한 소리, 슬픔에 젖은 소리, 짜증스러운 소리, 외로움에 찌든 소리, 코맹맹이 소리, 어린아이 소리, 늙은이의 소리, 사연 많은 소리…… 민경이 그동안 쇼핑으로 사서 쟁여놨던 물건 타는 소리까지 어우러지니 합주곡을 연주하듯 기막힌 하모니가 연출됐다.

활활 타오르는 불길을 보며 기쁨에 찬 민경은 검은 연기 속에서도 지휘자를 자처했다. 라이터를 지휘봉 삼아, 옷장 앞에서 미동도 하지 않고 4분의 4박자를 지휘했다. 불길이 급속도로 빠르게 타오를수록 지휘하는 손놀림도 빨라졌다. 그때쯤이었을까? 민경의 귓전을 맴돌던 정체 모를 소리가 점점 희미해져 갔다. 어느 순간부터 어떠한 소리도 들려오지 않았다. 민경이 마지막으로 들은 소리는 사이렌 소리였고, 사람들이 웅성거리는 소리였다. 그 소리마저 점점 희미해져 갈 때쯤, 민경은 입가에 미소를 지으며 '이제 다 끝났다.'라는 말을 반복하며 눈을 감았다.

휴가

(2023 『계간 문장21』 가을호)

짜장면을 시킨 지 1시간이 넘어가고 있다. 하지만 음식은 여전히 나올 기미가 보이지 않고 있다. 아이들은 미리 나온 김치와 단무지를 다 먹어치우고 젓가락을 끝을 쭉쭉 빨고 있다. 어머니가 초대한 외숙모와 외삼촌은 멋쩍은 듯이 식당 주위를 서성이며 식당 곳곳에 설치된 CCTV에 불만을 토로하고 있다. 나는 한숨을 푹 쉬며 식당을 나왔다.

◉ ◎ ◎

나는 어제 4일간의 휴가를 받아 친정집에 내려왔다. 사실 이번 휴가만큼은 나를 위해 쓰고 싶은 마음이 굴뚝같았다. 회사 동료 미스 유처럼 해외로도 나가고도 싶었고, 기왕 갈 바다라면 지긋지긋한 남해안이 아닌 동해안으로 가고도 싶었다. 사방이 탁 튄

동해안의 바닷가를 걸으면 그동안 쌓여있던 가슴속 응어리들이 모두 사라질 것만 같았다. 그런 내 마음을 아는지 모르는지 어머니는 휴가 기간이 정해지지도 않은 무렵부터 하루가 멀다 하고 나에게 전화했다.

"언제 내려올래? 아그들 용돈은 넉넉히 준비해 놨다, 걱정하지 말거라. 아야, 이번에는 그렇게 쏜팽이가 많이 문단다. 낚시채비는 집에 다 있은 게 몸만 오면 된다. 옆집 세영이네한테 전복도 2키로 말해 놨다."

"알았어요! 휴가 날짜 잡히면 말씀드릴게요. 그만 좀 보채세요. 이번이 벌써 세 번째 말씀하시는 거예요."

"아따, 우리 딸 보고 싶어서 그라제. 이자 말 안 할란다."

어머니는 다른 휴가 때보다 유난히 더 나를 보고 싶어 안달이 나 있었다.

어머니가 그럴만한 한 이유가 있기는 했다. 내가 부산에 있는 문예지에서 신인상을 받아서 소설가가 되었다며 어머니에게 얘기한 게, 한 달 전 일이었으니 어쩌면 어머니의 부산한 행동은 당연한 일일 수도 있었다. 그때 어머니는 온 세상을 다 가진 듯 좋아하셨다. 너무 좋아서 어쩔 줄 몰라 하는 어머니에게 나는 운이 좋아 된 것이며, 아직 갈 길이 머니 제발 좀 동네 사람들에게 말하지 말아 달라고 신신당부했었다. 하지만 어머니는 그 길로 교회며 옆집 세영이네며, 같이 공공근로 하는 다른 동네 아줌마들에게까지 다 말하고 다닌 모양이었다.

◉ ● ◎ ◎

　어머니는 내가 내려오자마자 미리 준비해 둔 소주 대짜 한 병과 오렌지 주스를 양손에 들고 나를 외갓집으로 앞장세웠다.

　"성님 있소? 나요, 수진이 애미요!"

　어머니는 외갓집 마당에 서서 샷시문을 두드리며 말했다. 집안에서는 다행히 인기척이 났다. 외숙모와 외삼촌은 틈만 나면 용달차를 몰고 옆 동네로 화투 치러 가기 바빴기 때문에 웬만해서 낮에 만나기 힘든 부부였다.

　"자넨가!"

　외숙모가 샷시문 사이로 고개를 내밀며 말했다.

　"우리 수진이가 외갓집 갖다준다고 뭣인가 요로케 사왔소야!"

　어머니는 문이 열리자마자 손에 들고 있던 선물을 내려놓으며 말했다. 그리고는 다짜고짜 내일 점심때 금곡리 가서 짜장면을 먹자고 제안했다.

　"가야제. 오래 살다 본께, 자네한테 짜장면도 얻어먹고 참. 내일은 해가 서쪽에서 뜨겄네."

　"지도 이럴 때가 있어야제라우."

　"그란디, 짜장면만 사줄란가? 나는 짬뽕을 좋아하고, 자네 오빠는 짜장면도 좋아하고, 탕수육도 좋아하는디……."

　"묵고 싶은 거 다 잡수쇼."

"고, 고맙네."

외숙모는 쫌생이로 소문난 어머니가 갑자기 나사 하나 빠진 실성한 여자처럼 실실 웃으며 돈을 쓰겠다고 하니까, 고개를 갸우뚱거리면서도 좋다고 했다.

"그라믄 내일 봅시다, 성님."

식당 바깥으로 나온 나는 바다 쪽을 바라보았다. 태풍이 올 기미도 없는 날씬데도 제법 바닷물이 출렁이고 있었다. 나는 바닷바람을 쐬며 식당 모퉁이를 돌아 갯돌로 만든 담벼락 사이로 걸음을 옮겼다. 가는 길목마다 벽돌이 아닌 갯돌에 시멘트를 발라 차곡차곡 쌓아 올린 담벼락들이 즐비했다. 담벼락 위에는 여러 가지 화초들이 놓여 있었는데 그중에 잘 다듬어진 동백나무 분재와 넓적한 몸체 위에 굵고 작은 가시들이 촘촘히 박혀 있는 손바닥선인장이 눈에 들어왔다. 가시덤불 위에 노랗게 피어있는 손바닥선인장꽃은 이파리 가시에 찔려 상처가 날 법도 해 보였지만 단 한 송이도 상처 입지 않고 유리알같이 투명한 꽃을 피우고 있었다.

손바닥선인장은 내가 어렸을 때 물 대신 많이 먹었던 화초였다. 어머니는 태어났을 때부터 천식이 심했던 나에게 손바닥선인장의 이파리를 따다가 보리차처럼 끓여서 나에게 마시게 했다. 쓸쓸한 맛이 싫었던 나는 그 물을 마실 때마다 짜증을 부렸고, 어머니가 회초리를 들고 지켜보면 입에 가득 물고 있다가 화장실 갔다 온다며 나와, 마당 한구석에 뱉어 버리곤 했다. 그래서인지 몰라도 계절이 바뀔 때마다 내 가슴과 목을 지배했던 천식은 고등학교를 졸업할 때까지 따라다니며 나를 괴롭혔다.

나는 무의식적으로 노란 손바닥선인장꽃을 한 잎 땄다. 그때 검지손가락에 잔가시가 슬쩍 스쳤다. 나는 대수롭지 않게 꽃잎을 따서 요리조리 만졌다. 그런데 얼마 지나지 않아 검지손가락이 따끔거리고 아팠다. 나는 검지손가락을 치켜세워 자세히 훑어보았다. 잔가시 수십 개가 검지손가락에 붙어 있었다. 선인장 가시의 무서움은 어려서부터 익히 잘 알고 있는 터라 순간 겁이 났다. 그래서 재빨리 손톱으로 뽑았다. 하지만 잔가시는 쉽게 뽑히지 않았다. 가시가 너무 작아서 보이지도 않았지만, 내가 손을 대면 댈수록 가시는 더 피부 깊숙이 박혀 들어갔다. 나는 혀를 차며 가시 박힌 검지손가락을 입에 대고 이빨로 살살 긁었다.

"언제 여기까지 나왔어요. 한참 찾았잖아요."

짜장면이 나왔다며 아이들이 나를 데리러 왔다. 나는 가시에 찔린 손가락을 이빨로 지근지근 씹으며 아이들 뒤를 따랐다.

"어디 갔다 오냐? 짜장면 불겠다. 앉아서 언능 묵어라."

어머니는 굵은 면발을 가득 입에 넣으며 말했다.

"묵을 만하다야."

외숙모가 옆에서 거들었다.

나는 아이들 앞에 있는 짜장면을 가위로 먹기 좋게 잘라 준 다음 내 앞에 있는 짬뽕 그릇으로 눈을 돌려 히끄므레한 짬뽕 국물을 젓가락으로 휘저었다. 오징어 다리와 홍합이 각각 한 개씩 눈에 들어왔다. 나머지는 양파와 면이었다. 나는 면 한 가닥을 젓가락으로 집어 입에 넣었다. 생각했던 것처럼 매콤하고 시원한 맛이 없었다. 나는 얼굴이 점점 굳어졌지만 이내 표정 관리를 하며 몇 가닥을 더 입에 넣었다. 하지만 도저히 더는 먹을 수가 없었다.

사실, 작은 섬에서는 매콤하면서 진한 국물 맛이 나는 짬뽕 한 그릇을 먹기가 쉽지는 않았다. 배를 타고 육지로 건너가서 3시간 남짓 버스를 또 타고, K시까지는 가야 그런 맛을 볼 수가 있었다. 하지만 짬뽕 한 그릇을 사 먹기 위해 K시까지 나갈 섬사람들은 그리 많지 않았다. 상황이 이러하니 섬사람들은 제대로 된 짬뽕 맛을 모르는 것이 어쩌면 당연한 일일지도 몰랐다. 정말 어떤 맛도 안 나는 맹탕의 희멀건 짬뽕을 너무도 맛있게 먹고 있는 어머니와 외삼촌을 보고 있으니 나는 웃음이 절로 나왔다.

"너는 왜 짬뽕을 먹는 둥 마는 둥 하고 있냐? 맛나구만."

나를 유심히 쳐다보고 있던 어머니가 말했다.

"어, 아까 집에서 먹은 소라가 소화가 안 됐는지 속이 안 좋네요. 엄마 더 드세요."

나는 내 그릇의 짬뽕을 어머니 그릇에 옮겨 담았다.

"아따 너나 묵제 그라냐?"

"속이 안 좋단께요!"

"그라믄 주라."

어머니는 내 눈치를 살피며 젓가락을 들었다.

◉◎◎

"이 식당, 신식으로 시설 잘해 놨네. 도시에다 이렇게 인테리어 하려면 1억도 넘게 들 텐데……."

나는 어머니 그릇에 짬뽕을 다 넘기고 일어나 식당 안을 쭉 둘러보며 말했다.

넓은 방에는 큼지막한 LCD 모니터가 있었고, 노래방 시설을 함께 갖고 있었다. 큼지막한 진열장 안에는 여러 모양의 까만 갯돌들이 가득 차 있었다. 갯돌들은 마치 검정 물감으로 색칠해서 그 위에 유약을 발라 놓은 것처럼 일정한 색깔의 빛을 뿜어내고 있었다. 벽면을 쳐다보자 몇 자루의 총이 눈에 들어왔다. 총들을 유심히 살펴보니 예전에 베트남 전쟁에서 사용했던 M-16 소총임이 분명해 보였다. 나는 신기한 나머지 총을 만져 보려다가 말았다. 내 머리 위에서 돌아가고 있는 CCTV가 신경이 쓰여서였다.

"딸들을 잘 둬서 그라제, 아까 들어오면서 혜라 봤제? 죽은 니 동생 중학교 동창 말이여! 그 아가 고등학교 졸업도 안 하고 딸을 하나 낳더니, 즈그 아부지 호적에 올려놓고는 처녀 행세하고 다니다가 몇 년 전에 어디서 다 늙은 남자를 남편이라고 데리고 왔단다. 그 늙은 사위가 요로케 식당을 만들어 줬단다."

외숙모가 CCTV를 올려다보며 말했다.

"외숙모, CCTV에 목소리는 녹음 안 되니까 걱정하지 마세요."

내가 웃으며 말했다.

"아아니, 요것도 문제단께, 문제. 이런 촌에서 무슨 몰래카메라여. 어디 눈치 보여서 짜장면이, 목구멍으로 넘어가겠냐?"

"이런 거 다 훔쳐갈까 봐 그라제요."

어머니가 말했다.

"이런 갯돌은 용달차로 줘도 안 가져야. 맨나리고, 장구랍이고 여그는 사방이 갯돌밭인디 뭐가 아쉬워서 저런 것을 가지고 간다냐."

외숙모는 흥분을 가라앉히지 못하고 계속해서 중얼거렸다. 외숙모는 모임이나 어디를 가면 꼭 주머니에 남의 물건들을 가지고 나오는 습관이 있어서 더 화가 나는 모양이었다. 가지고 나올만한 물건이 없으면 숟가락이라도 가지고 나와야 하는데 그런 재미를 못 느끼게 된 외숙모가 투덜거리는 것도 이상한 일은 아니었다.

"사장님, 탕수육은 언제 나와요?"

"이제 다 됐습니다. 금방 나가요!"

"아이들이 젓가락을 빨고 있습니다."

"죄송합니다. 재료가 부족해서 구해오느라고 조금 늦어졌습니다."

탕수육은 사장과 대화하고도 20분이 더 지났을 때 나왔다. 생각했던 대로 탕수육 또한 짬뽕과 다르지 않았다. 제일 문제는 양이 너무 적었다는 것이었다. 나는 카운터에 가서 '이것도 음식이라고 내주냐고? 짬뽕부터 해서 해도 해도 너무하네요!'라고 한소리하고 싶었으나, 입안에서만 맴돌았다. 그때 외삼촌이 소수 잔을 나에게 내밀었다. 나는 소주를 마시지 않았지만, 외삼촌의 술잔을 거절할 수가 없어서 두 손으로 한 잔을 받아 입만 대고는 외삼촌의 빈 잔을 채워 드렸다. 외삼촌은 술잔을 받자마자 한입에 털어 넣었다. 그리고는 새끼손가락으로 간장을 찍어 입에다

대며 입맛을 다셨다.

"외삼촌 탕수육으로 안주 하시지 그라요?"

나는 1인분도 안 돼 보이는 탕수육을 가리키며 말했다.

옆에 있던 외숙모도 탕수육은 쳐다보지도 않고 매운 양파만 춘장에 찍어 아삭아삭 씹고 있었다. 아이들은 누가 먼저랄 것도 없이 숨도 안 쉬고 바쁘게 젓가락질을 하고 있었다. 그러더니 탕수육은 순식간에 바닥이 나고 양파만 몇 개 굴러다녔다. 어머니도 젓가락을 놨다 들었다 하다가 놨다.

"한 접시 더 시 쇼? 이것 가지고 누구 코에 붙이라고 그라요!"

나는 대접하려고 모신 외숙모 외삼촌에게 고개를 들 수가 없을 정도로 창피함을 느꼈다.

"아니여, 아까 짬뽕을 너무 맛나게 묵었더니 생각도 없다야."

외삼촌은 멋쩍은 듯 뒷머리를 긁적거리며 말했다.

"그라제라이, 나도 생각이 없소야."

어머니는 외삼촌의 그런 말을 기다렸다는 듯 손뼉을 치며 말했다.

나는 다시 방을 나와 카운터로 향했다.

"탕수육 대자로 한 개 더 주세요. 야끼만두 되면 그것도 두 접시 주시고요."

"야끼만두는 안 하는데……."

"그럼, 탕수육만 주세요."

그때 방문 여는 소리가 나더니 외삼촌과 외숙모가 신발을 신고 있었다.

"어디 가세요? 더 시켰는디……."

"낼 모레 느그 언니 온다고 해서 멸치 몇 지대 말해 놨다. 요 위엔 께, 거그 좀 갔다 올란 께 조금만 기다려라이, 갔다 와서 집에 가자."

평택 사는 사촌 언니를 말하는 것이었다. 사촌 언니는 나보다 두 살 위였고, 나와 같은 해에 결혼했고, 나와 같은 달에 큰 애를 낳았다. 나와 다른 것은 애가 나는 둘이란 것과 사촌 언니는 넷이라는 것, 그리고 평택에서 제일 잘 사는 집 며느리가 되었다는 것이 달랐다. 평택에서 시댁이 주유소를 운영하는 언니는 매년 큰 봉고차를 끌고 내려와 외갓집에 몇백만 원어치를 뿌리고 간다는 소문이 자자했다. 그 말을 어머니에게 들을 때마다 나는 위축됐다.

나는 어려서부터 그 언니에게 묘한 경쟁심과 질투심을 가지고 있었다. 공부뿐만 아니라 갯것 잡으러 갈 때도 그랬다. 썰물 때가 되면 언니와 나는 소쿠리에 갈퀴를 하나씩 담고 해산물을 잡으러 바다로 가곤 했는데 언니 소쿠리는 언제나 가득했고 나는 촐싹거리기만 했지 항상 소쿠리 안이 텅 비어 있었다. 언니가 해삼을 잡았다며 자랑이라도 할 때면 나는 샘이 나서 바위 틈새를 마구 휘젓고 다녀보지만 한 마리도 잡지 못하고 미끄러져 엉덩방아를 찧거나 굴 껍데기에 다리를 긁히는 일이 다반사였다. 그때부터 지금까지 나는 언니의 경쟁상대가 되지 못하고 있었다.

"언제 내려온다고요?"

나는 외삼촌에게 물었다.

"모레."

다행이었다. 그날 나는 올라가는 배편에 있을 것이다. 언니와 얼굴 보고 싶다고 가끔 카톡을 주고받는 사이지만 언니와 너무 비교되는 내 처지를 보여주고 싶지 않았다.

◉ ◎ ◎

외삼촌이 멸치를 사서 나타났다. 도롯가에 서 있던 우리 가족들은 외삼촌 용달차에 몸을 싣고 집으로 향했다. 가는 내내 나는 꼭 화장실 가서 똥 누고 그냥 나온 것처럼 찝찝함을 감출 수가 없었다. 어떻게 해서든지 탕수육의 굴욕을 모면하고 싶었지만, 이 작은 섬에서 내가 생색낼 수 있는 것은 한계가 있었다. 그러던 참에 부둣가에 도착했다. 거기는 섬에 딱 하나 있는 마트가 있었다. 그것도 농협이 운영하는 하나로 마트였다. 나는 운전하고 있는 외삼촌에게 무조건 세워 달라고 해서 마트 안으로 들어갔다. 그리고는 외삼촌이 좋아하는 캔 맥주, 소주, 아이스크림을 잔뜩 사서 카드로 긁었다. 그때서야 기분이 조금 풀리는 듯했다. 외숙모는 이런 걸 뭣 하러 사느냐며 나무랐지만, 입꼬리는 올라가 있었다. 어머니는 동네로 가는 내내 봉지마다 가득 찬 먹거리를 계속 들척거리며 구시렁거렸다. 나는 어머니 팔을 살짝 꼬집으며 그만 좀 하라고 했다.

오후 3시가 넘어가자 바닷물이 제법 빠지기 시작했다. 이제 낚싯대를 만들 시간이었다. 어머니는 내가 내려오기 전부터 낚시하기에는 좋은 물때가 아니니 바닷가에서 수영이나 하다가 올라가라고 했지만, 나는 낚시를 포기할 수 없었다. 그래서 낚싯바늘과 봉돌, 낚싯줄을 인터넷 쇼핑몰에서 넉넉하게 구입해 내려왔다. 갯지렁이는 섬에 들어오기 전 선착장에서 백 그램을 샀다.

나는 대나무를 찌기 위해 면장갑을 끼고 낫을 챙겨 대나무가 우거진 빈집으로 향했다. 아이들이 따라오려 했지만, 사람이 살지 않은 빈집이 대나무 숲으로 뒤바뀐 곳이라 음산하기도 하고 모기 소굴이었기 때문에 아이들을 설득해 집에 있게 했다. 이곳 모기들은 도시 모기의 세 배가 넘는 크기였다. 그런 모기에 아이들이 물리기라도 한다면 정신을 잃을 것처럼 무시무시해 보였다.

대나무 숲은 작년보다 더 우거져 있었다. 낚싯대로 쓸 대나무는 적어도 죽순에서 나와 3년은 커야 짱짱하니 낚싯대로서 가치가 있는데 웬일인지 죽순에서 이제 막 나온 어린 대나무밖에 보이지 않았다. 어느 정도 굵기가 있는 대나무가 군데군데 눈에 띄었지만 누렇게 변해 말라비틀어져 있었다. 마치 비좁은 땅에서 이제 막 나온 어린 자식들을 위해 스스로 죽음을 택한 것처럼 보였다. 나는 그중에서도 키가 크고 잘 부러지지 않을 것처럼 보이는 대나무를 세 개를 쪄서 가지고 내려왔다.

"이것도 첨대라고 쪘냐? 이거 가지고는 고기 못 잡아야! 고기가 올라오기도 전에 첨대 끄트머리가 톡 부러진다고!"

마당에 앉아 쪄온 대나무를 다듬고 있는데 텃밭으로 고추 따러 갔던 어머니가 돌아와서 하는 말이었다.

"이것도 괜찮아!"

나는 어머니 말에 아랑곳하지 않고 대나무 마디마디의 가지들을 낫으로 쳐냈다.

"이리 줘 봐!"

어머니는 답답한 나머지 내 손에 있던 낫을 낚아채듯 빼앗아 뒤란 게로 사라지시더니 잠깐 사이에 굵직한 대나무 두 개를 쪄서 오셨다.

◉ ◎ ◎

나는 어머니가 다듬어 준 대나무에 낚싯줄을 매단 다음 봉돌과 낚싯바늘 위치를 따져가며 매달았다. 그렇게 두 개의 첨대를 가지고 바닷가로 내려갔다. 바닷물은 더 빠져 있었다. 아이들은 고둥을 잡으라고 갯돌밭에 놔두고 나는 방파제가 있는 선착장

끄트머리로 장소를 옮겨 낚시채비를 풀었다. 구름 한 점 없고 잔잔한 바다 때문에 왠지 월척을 낚을 것만 같은 기분으로 갯지렁이를 매달아 먼바다를 향해 낚싯줄을 던졌다. 하지만 30분이 지나가는데도 물속에 있는 고기들은 입질조차 하지 않았다. 간혹 얕은 물에 떠다니는 복어 떼들이 나타나 할랑거리는 갯지렁이를 낚아채곤 했다. 나는 한숨이 절로 나왔지만, 인내심을 발휘해 1시간을 더 버텼다. 여기까지 내려왔는데 볼락 새끼 한 마리도 낚지 못하고 돌아간다는 건 내, 자신에게 용납할 수 없는 수치처럼 느껴졌다.

그렇게 버티기를 2시간이 지났을 때 드디어 볼락 새끼 한 마리가 걸려들었다. 나는 기분이 너무 좋아 아이들에게 소리쳤다. 멀리서 고둥을 잡고 있는 아이들도 회를 먹을 수 있게 됐다며 손뼉을 쳤다. 작년 휴가 때 서른 마리를 넘게 잡아 회를 떠먹였던 기억이 나서였을 것이다. 나는 그 기세를 몰아 갯지렁이를 아끼지 않고 굵직한 것으로만 낚싯바늘에 끼워 바다에 던졌다. 하지만 복어들의 잔치일 뿐 그 후로 2시간 동안 잡은 고기가 고작 각시고기 한 마리와 놀래미 새끼 한 마리였다.

나는 벌떡 일어나 남은 갯지렁이를 바다에 전부 뿌렸다. 갯지렁이가 바닷물에 흩어지기가 무섭게 어디서 헤엄쳐 왔는지, 멸치 떼와 복어 떼가 우르르 몰려와 갯지렁이를 물고 유유히 사라졌다. 첨대는 내년 휴가 때 쓰기 위해 챙겼다. 내일 하루 더 낚시를 해 볼까도 생각했지만 단념했다. 어머니 말마따나 물때가 아니었다. 낮에 고기를 많이 낚으려면 사리 때나 가능한 일이었다. 조금 때인 지금은 새벽 낚시를 해야 하는데 아침잠이 많은 나로서는 불가능한 일이었다.

아이들을 데리고 집으로 올라오자, 어머니는 내가 메고 있는 그물 망토를 벌려보았다.

"내가 뭐라고 그랬냐? 나중에 휴가 올 때는 꼭 물 때 봐서 온나."

"그것이 내 맘대로 돼요? 휴가를 사장님도 가야 되고, 사장님 딸도 가야 된다는데……."

나는 투덜거리면서 면장갑을 벗어 던졌다.

"고기는 못 잡았은 게 내가 내일 전복 사다 주마! 내일 세영이 네가 전복 출하한단 게 새벽에 선별해 주고 2키로만 사 올란 게 기다리고 있어."

어머니는 마당 한구석에 있는 수돗가에서 아이들을 씻기고 있는 나를 향해 큰 소리로 말했다.

"……."

나는 아무 말도 하지 않았다. 어머니는 내가 휴가 내려올 적마다 공공근로니, 농사일이니, 공사니 해서 나를 챙겨줄 시간이 없었다. 전복도 해 넌마다 먹기는 했지만, 그동안 어머니가 선별 작업 해 주고 얻어 다 냉동시켜 놓은 죽은 전복이었다. 날것으로 먹기에는 너무 오래돼서 항상 전복죽을 쑤어주었다. 그래서 나는 이번에도 기대하지 않았다.

바다 밑에서 안개가 올라오고 있다. 처음에는 무인도인 용섬을 서서히 덮더니 지금은 마을까지 올라와 온 동네를 하얀 안개로 덮어 버렸다. 그러다가도 어느 순간 감쪽같이 사라지기도 했다. 지금 주시거리는 전방 1미터도 되지 않고 있다. 용섬 몇 킬로미터 뒤에 있는 고래섬에서는 등대가 이리저리 뱃길을 비추고 있다. 그러나 짙은 안개 때문에 불빛의 밝기는 현저히 떨어져 보였다. 갑자기 붕~ 붕~ 하는 굉음 소리가 들려왔다. 순간 하늘과 땅이 동시에 흔들리는 듯했다. 온 세상을 뒤덮고 있는 안개마저도 깜짝 놀라 흩어져 버릴 것만 같았다. 어머니는 나, 지나가니 앞에 오는 배는 비켜 달라는 소리라며 한두 번 들은 것도 아닌데 호들갑을 떠느냐고 내게 말했다. 사실 많이 듣고 보고 자랐다. 1년에 반은 안개로 뒤덮여 있는 이 섬에서 나는 중학교를 졸업했다. 마당에서 바다를 바라보면 언제나 큰 배들이 오고 가는 모습을 보았다. 어디를 향해 가는 배들인지는 알 수 없었지만 배크기로 보아 제주도 이상은 가지 않을까 싶었다. 어쩔 때는 여러 대의 크레인을 실은 배들이 비슷한 속력으로 지나갈 때도 있었는데 그럴 때는 지구 반대편에서 무서운 전쟁이 일어나고 있어, 거기를 향해 가는 전투함처럼 느껴졌다. 태풍이 휘몰아치는 날이면 더 이상 전진하지 못하고 마을 인근까지 밀려온 배도 종종 있었다.

　어머니와 보낼 수 있는 휴가 마지막 날 아침이 되었다. 일어나 보니 어머니가 보이지 않았다. 텃밭엘 올라가 봐도 안 계셨다. 나는 그때서야 전복이 생각났다. 나는 어머니를 기다리는 동안 집에서 가져온 페인트 한 통과 붓을 여행 가방에서 꺼냈다. 어머니는 내가 전화할 때마다 담벼락이 예전에 칠한 페인트가 다 벗겨져 보기 싫다고 노래를 불렀었다. 나는 어머니의 소원을 들어주기 위해 밝은 하늘색에 유광으로 된 페인트를 사 왔다. 거실 구석에 있던 신문지를 담벼락 밑에 깔았다. 그러고는 못 쓰는 플라스틱 김치 통에 페인트를 부어 휘휘 저었다. 가라앉아 있던 하늘색이 위로 올라왔다. 붓에 페인트를 듬뿍 칠해 벽에 쓱싹쓱싹 문질렀다. 군데군데 벗겨져 보기 싫던 담벼락이 어느새 빛이 나기 시작했다. 한 통을 다 썼는데도 아직 덜 칠 해진 곳이 있었지만, 내년을 기약할 수밖에 없었다. 나는 이렇게 벽 면적이 넓을 줄 생각 못했다. 한 통이면 방문 넷 짝을 바른다는 페인트 가게 주인 말에 그 정도면 충분할 거라고, 생각했다. 거기다 여행 가방이 무거워지는 것도 문제였다. 이런저런 생각에 한 통만 사 온 것을 후회했지만 때는 이미 늦었다. 며칠 후 내려온다는 여동생에게 부탁해 봤자 콧방귀도 안 낄 게 분명했으니, 어머니가 칠하지 않은 이상 내년까지 반 만 칠한 상태로 둬야 했다.

어머니가 광주리에 전복을 가득 담아 오셨다. 아이들은 어머니가 평상에 광주리를 내려놓자마자 꿈틀꿈틀거리는 전복들이 신기해서 휴대폰으로 사진을 찍었다.

"엄마, 이것 좀 봐. 서로 붙어서 안 떨어져."

큰애가 두 마리가 붙어 있는 전복을 손으로 잡고 말했다.

"서로 사랑해서 그랴. 사랑하면 안 떨어지고 잡는 거제."

어머니가 큰애의 머리를 쓰다듬으며 말했다.

어머니가 광주리를 가지고 거실로 들어가자 나는 평상에 앉아 감나무를 바라보았다. 감나무에는 가지마다 새끼 감이 주렁주렁 열려 있었다. 가지들은 지탱하기 힘든지 축 처져 있었다.

나는 새끼 감 하나를 손가락으로 툭 건드렸다. 가지 전체가 툭 부러질 것같이 흔들렸다. 나는 더 이상 흔들리지 않도록 가지를 꽉 붙들었다. 이 작은 감들은 무더운 여름이 지나고 가을이 되면 크고 먹음직스러운 단감이 되어 있을 것이다. 그때는 나는 여기에 없다.

'안 떨어지는 이유는 사랑해서라……'

나는 남편을 사랑해서 안 떨어지는 게 아니었다. 오직 아이들 때문이었다. 어머니 때문이었다. 아직 소녀티도 벗어나지 않은 나이에 남편과 사별한 어머니 때문이었다. 아무것도 없는 살림에 어쩔 도리가 없어서 핏덩이 둘 데리고 재가한 어머니 때문이었다. 눈칫밥 먹여가며 우리 남매를 키우느라 남들보다 10년은 더 늙어 보이는 어머니 때문이었다. 나는 그러고 싶지 않았다. 누가 뭐라 해도, 남편과 나는 이혼하지 않을 것이다.

"다 됐다. 언능 와서 묵어라!"

어머니가 전복회를 한 접시 만들어 놓고 나를 불렀다.

어머니는 한입에 들어갈 만한 크기로 자른 전복 하나를 집어 들어, 내 입에 넣어주었다. 오독오독 씹히는 맛이 일품이었다. 어머니는 숨도 안 쉬고 입으로 들어가는 아이들에게 천천히 먹으라고 타일렀지만, 회 귀신인 큰애에게는 그런 말이 통하지 않았다. 어머니는 한 점도 먹지 않고 바라보고 있다가 쪄진 전복을 가져와 또 썰었다. 회로 먹는 전복과는 또 다른 맛이 났다. 부드럽고 담백한 맛이었다. 나는 김이 모락모락 나는 전복 한 개를 초고추장에 찍어 어머니 입에 넣어주었다. 어머니는 고개를 흔들더니 받아 드셨다. 어머니의 전복요리는 거기서 끝나지 않았다. 몇 개 남은 전복으로 죽을 써 주셨다. 해 질 무렵까지 전복으로 잔치를 한 셈이었다. 나는 부른 배를 쓰다듬으며 어머니에게 정말 고맙고, 너무 잘 먹었다고 말했다. 내 말에 어머니는 그동안 못 해줘서 미안하다며 눈물을 보였다. 나는 무슨 말을 하냐며 울었다. 이내 부둥켜안고 울었다. 밤새도록 울었다.

◉ ◎ ◎

아침이 밝아 오자 도시로 떠날 채비를 했다. 어머니는 퉁퉁 부은 얼굴로 새벽부터 일어나 시어머니에게 줄 선물을 준비하느라 분주하게 움직였다. 여름에 품앗이해서 얻은 마른 다시마와 초봄에 따다 데쳐 말린 고사리, 볶은 참깨 등을 내 여행 가방에 차곡차곡 쌓았다.

"그만 담아! 나 무거워서 못 들고 가."

"알았어야, 이것만 담을란다."

어머니는 냉동실에 얼려 놓았던 숭어 몇 마리를 기어이 담고 나서야 여행 가방 문을 잠갔다.

미리 불러 둔 택시가 집 앞에서 빵빵거렸다. 나는 택시에 짐을 싣고 어머니에게 부둣가까지 같이 갈 거냐고 물어봤다. 어머니는 그냥 여기서 헤어지자고 하더니 바지를 갈아입고 택시에 올라탔다. 그러고는 호주머니에서 오만 원짜리 두 장을 꺼내 큰애와 작은애에게 건넸다. 아이들은 좋아하다가 이내 얼굴이 굳어졌다. 내가 손을 내밀고 있었기 때문이다.

"엄마가 저금해 줄게, 이리 내."

"필요할 때 꼭 줘야 해!"

아이들은 돈이 내 지갑에 들어가면 안 나오는 걸 잘 알면서도 기약 없는 약속을 해 왔다.

부둣가에 도착하자 멀리서 배가 들어오고 있었다. 섬을 빠져나가려는 차도 많았고, 섬으로 들어오는 차도 많았다. 배가 도착해서도 한참 만에야 나가는 차를 실었다. 나는 어머니 손에 십만 원을 쥐어 주고는 쏜살같이 배에 올라탔다. 어머니는 내 뒤를 쫓아 왔지만, 뱃고동 소리가 나자 배에 올라타지는 못했다. 나는 어머니에게 손을 흔들며 큰 소리로 말했다.

"나 때문에 고생했소!"

눈물이 핑 돌았다.

"아니여, 내년에는 꼭 물때 맞춰서 오거라! 아참, 소설도 많이 쓰고이."

어머니도 손을 흔들었다. 그러다 손이 눈으로 갔다. 또 그러다 뒤를 돌아 고개를 숙였다.

"울지 마쇼! 전화할게! 건강하게 있으쇼이. 내년에는 못다 칠한 페인트도 칠해야 되고, 고기도 많이 낚아야 되고, 소설 쓴 것도 가져와서 자랑해야 되고, 할 일 많네!"

배가 떠난다. 어머니와 점점 멀어진다. 어머니가 선창 끝에까지 뛰어온다. 그리고 손을 계속 흔든다. 나는 도저히 어머니를 볼 수가 없다. 손을 흔들다 말고 배 뒤쪽으로 몸을 숨긴다.

아수라 하우스

나는 TV에서 울려 퍼지는 제야의 종소리를 들은 지 1시간이 지나도록 잠을 이루지 못하고 있었다. 아무래도 늘 함께 자던 남편이 곁에 없어서일 것이었다. 남편은 어제 아침 쪽지 한 장만 남겨 놓고 모습을 감췄다. 쪽지에는 자신이 집에 없어야 빚쟁이들이 집으로 찾아오지 않을 것 같아서 피하는 것이라고만 적혀 있었다.

　남편이 가출한 지 이주일이 지났을 때, 나는 남동생에게 안방을 내주었다. 그러잖아도 남편도 없는 넓은 방에서 독수공방하고 있는 내 모습이 처량하게 느껴지고 있을 때, 군대를 갓 제대한 막내 남동생이 나타나 방 구할 동안만 머물기를 원했다. 그 참에 남동생에게 안방을 내주고 나는 책더미가 쌓여있는 창고 방으로 거처를 옮겼다.

　넓은 안방에서만 뒹굴다가 막상 사람 한 명 누우면 꽉 차는 창고 방에서 지내려니 답답하긴 했지만 한번 뱉은 말을 다시 주워 담을 수는 없었고, 지금은 힐링 차 친정에 내려가 있는 남동생이 하루빨리 방을 얻어 나가기만을 기다릴 수밖에 없었다.

남동생에게 안방을 내준 것을 후회할 겨를도 없이, 나는 창고 방 생활에 금세 적응했다. 특히, 사방에 빼곡히 꽂혀 있는 책을 꺼내 보는 것에 흥미를 붙이고 있었다.

그날도 퇴근하고 곧장 창고 방으로 들어와 책꽂이에서 책을 한 권 꺼냈다. 조정래 대하소설 태백산맥 1권이었는데 중간쯤 읽다가 덮어 둔 지 두 달 된 책이었다. 이 책을 읽다 덮은 날이 남편과 연락이 끊긴 날이기도 했다. 나는 이번에는 꼭 완독하리라 마음먹고 쭉쭉 읽어 나갔다. 하지만 책 속의 글자가 좀 채 눈에 들어오지 않았다. 한 줄 한 줄 빠른 속도로 읽어가는 줄 알았는데 어느 순간 정신을 차려보니 같은 곳을 계속 반복해서 읽고 있었다. 나는 웃음이 나왔다. 다시 마음을 다듬고 뒷장을 넘기려고 애를 썼다. 하지만 여전히 같은 페이지만, 빙빙 돌고 있었다. 그때 어디선가 '뚝' 하는 소리가 났다. 억지로 책 속의 글자를 따라가던 나는 책 읽기를 멈추고 귀를 세웠다. 하지만 어떤 소리도 들려오지 않았다. 단지 깊은 밤이어서 음산한 기운만 느껴질 뿐이었다. 소리를 잘못 들었다고 생각한 나는 다시 책 쪽으로 눈길을 돌렸다. 그때 또, '뚝' 소리가 들려왔다. 나는 머리털이 쭈뼛 서는 것을 느꼈다. 불길한 기분이 현실이 되는 듯해서 무서웠다.

나는 책을 덮고 심호흡을 길게 한 번 한 뒤 문밖으로 나왔다.

혹시라도 도둑이 들었다면 어떠한 방어라도 해야 할 판이었지만 지금 당장은 주방 쪽까지 걸어가 야구방망이를 가지고 나올 엄두는 나지 않았다. 소리가 난 방향 쪽만 눈으로 가볍게 훑었다. 다행히 아무것도 발견되지 않았고, 소리도 나지 않았다. 나는 안도의 한숨을 쉬었다.

곰곰이 생각해 보니 도둑이 든 거 같지는 않았다. 도둑이 들어온 거라면 소리가 더 요란하고 묵직했을 것이었다. 나는 혹시 밖에 비가 오나 싶어 현관문을 열어보았다. 하지만 비도 오지 않았다. 그렇다면 의문의 소리는 도대체 어디에서 난 것일까? 나는 고개를 갸우뚱거리며 현관문을 닫았다. 그때 등 뒤에서 세 번째 소리가 났다. 이번에는 '뚜두둑' 연거푸 들려왔다. 나는 고개를 돌려 부엌 쪽의 천장을 올려다봤다. 소리의 근원지는 부엌 천장에 있었다. 천장은 금방이라도 내려앉을 기세로 벽지 안에 물을 가득 담고 있었다. 손으로 툭 치면 파도처럼 일렁이다 내 머리 위로 와르르 쏟아질 것만 같은 기세였다. 바닥에는 노란 물이 몇 방울 떨어져 이리저리 튀어있었다. 위층 어디선가 샌 물이 지대가 낮은 방향으로 모여든 모양이었다. 나는 일단 대야를 가져다가 물이 떨어지는 곳에 놓았다. 그리고는, 젓가락 한 짝을 들고 싱크대를 받고 올라서서 고개를 90도 각도로 꺾어 올려다보며 물이 고여 있는 쪽에 여러 개의 구멍을 냈다. 천장에서는 기다렸다는 듯 빠른 속도로 물이 떨어져 내렸다. 나는 바가지와 대야를 한 개씩 더 가져다 바닥에 놓고 방으로 들어왔다. 마음 같아서는 지금 당장이라도 2층에 올라가 시부모에게 하소연을 늘어놓고 싶었지만, 이 시간에 노인네를 깨운다는 것도 예의가 아닌 듯해 날이 샐 때까지 기다리기로 했다.

나는 날이 새기가 무섭게 2층으로 올라갔다. 시어머니는 벌써 장사하러 나가셨는지 보이지 않았다. 가끔 환경미화원들 퇴근 시간에 맞춰 새벽같이 나가시는 경우가 있었는데, 오늘이 그날인 듯싶었다. 나는 쓴웃음을 지으며 언젠가 시어머니에게 한 말을 떠올렸다. "꼭 잠까지 설쳐 가며 꼭두새벽같이 나가서 몇만 원을 벌어야 하나요?" 했었다. 그때 시어머니에게 돌아온 대답은, "네 시아버지가 돈을 벌어다 주냐? 자식들이 벌어다 주냐? 나한테 돈 주는 사람들은 모두 이런 사람들이다. 그리고 쉴 거 다 쉬고, 찾아 먹을 거 다 찾아 먹으면 언제 돈 번다니?"였다.

그 말을 들은 이후로 나는 시어머니가 하는 모든 일에 토씨 하나 달지 않았다. 다만 온몸이 쑤시고, 아프다며 하소연할 때라든가, 당신을 생각하는 자식이 한 명도 없다는 하소연을 늘어놓을 때면, 속에서 꿈틀거리는 단어들이 있었다.

'누가 그렇게 밤낮 가리지 않고 일하시라고 했나요? 어머니도 다른 노인네들처럼 자식들에게 용돈 타서 놀러 다니시면 되잖아요. 당신 스스로가 사서 고생하시면서, 자꾸 그런 말만 하세요?'

라고 말하고 싶을 때가 한두 번이 아니었다.

돈에 노예가 되어 사는 시어머니는 언제나 가난뱅이처럼 보이기 위해 구질구질한 옷차림을 하고, 퉁퉁 불어 터진 국수를 손님들 보는 데서 보란 듯이 먹는 것이 일상이었다. 그렇게 모은 돈으로 자식들 결혼시키고, 도박 빚 갚아주고, 새 차 뽑아 주고, 집 사주고, 장사 밑천 대 주는 일에 썼다. 시어머니는 당신 자식에 관한 일이라면 지구 끝까지라도 찾아가 돈으로 해결해 줄 사람이었다. 억울하고 속상하다는 말은 달고 살면서도 다람쥐 톱니바퀴 돌 듯, 운명의 수레바퀴에서 벗어나지 못하고 사셨다. 그게 낙이었다.

"어머님은 안 보이시네요?"

"쓰레기차 영감탱이들이 전화한 게 환장을 하고 나가 분다. 그 영감탱이들한테 얼마나 줬는가 요새 뜸하드만…… 또, 불러내기 시작하는구만……."

의처증이 심한 시아버지는 시어머니가 전화 받고 가게에 나갈 때마다 여관 간다고 생각하고 있었다. 시아버지가 엉뚱한 말을 자꾸 해서 새벽에 시어머니 뒤를 따라가 본 적이 있었지만, 시어머니는 항상 서 있던 그 자리에 서서 환경미화원 유니폼을 입고 있는 남자들에게 고기를 구워주고 있었다.

"아버님, 그런 의심은 이제, 그만…… 하시고요. 저희, 집이나 와 보세요. 큰일 났어요."

"뭔 큰일이다냐?"

"천장에서 물이 떨어져요. 어디서 세는지는 모르겠지만 아무래도 2층 보일러실이 터진 것 같아요. 예전에도 한 번 보일러가 터져서 물난리 난 적 있잖아요."

"알았다. 오늘은 신정인 게 내일 볼 텐게…… 어여 내려가거라. 1층 아줌마한테 열쇠 받아서 1층도 한 번 보고 할 테니까."

나는 이불 속에서 일어나지도 않은 상태로 등을 돌린 채 말하고 있는 시아버지의 등에 대고 부탁드린다는 말을 한 번 더 강조하고는 현관을 나왔다.

집으로 내려오니, 아이들이 일어나 있었다. 둘 다 내복 바람으로 싱크대 앞에 서서 물 떨어지는 모습을 신기하게 쳐다보고 있었다.

"엄마, 이거 좀 봐 보세요, 물 색깔이 물감을 풀어 놓은 것처럼 갈색이야! 신기해."

작은 아이가 쭈그리고 앉아 손으로 녹물을 휘저으며 말했다.

"얘! 그 더러운 물을 손으로 만지면 어떻게 해! 그러다가 파상풍이라도 걸리면 어떻게 하려고?"

나는 작은 아이의 어깨를 세차게 잡아당기며 말도 안 되는 말을 해댔다. 파상풍이 녹슨 물 좀 만졌다고 생기는 병이 아니라는 걸 잘 알고 있었는데도 순간 입에서 튀어나왔다. 나는 헛기침을 두어 번 한 후 아이들에게 주의 사항을 일렀다.

"엄마가 회사 갔다 올 때까지 너희들이 할 일이 있다. 대야에

물이 가득 차면 싱크대에 버리고 다시 받쳐 놓는 일이야! 힘들어
도 오늘만 참아. 내일 할아버지가 고쳐 주신다고 했으니까…….
그리고 이 더러운 물 가지고 장난치지 말고……. 잘못하다간 병
에 걸릴 수도 있어, 알겠지?"

 나는 큰아이와 작은아이를 번갈아 쳐다보며 말했다. 아이들은
동시에 고개를 끄덕거렸다.

 아이들에게 주의 사항을 몇 가지 더 말을 한 뒤 나는 부랴부랴
출근길에 나섰다. 신정이었지만 서비스업종 특성상 쉴 수 없는
상황이어서 어쩔 도리가 없었다. 신정만큼은 아이들과 함께 지내
려고 휴무를 빼 볼까도 생각했었지만, 같이 일하는 동료가 꼭 쉬
어야 된다고 먼저 선수 치는 바람에 말을 꺼낼 수가 없었다.

 신정이라 그런지 점심때가 다 되어 가도록 매장에는 개미 새끼
한 마리도 얼씬거리지 않고 있었다. 이럴 거 같았으면 아예 문을
닫는 것도 나쁘지 않을 텐데, 전기세가 더 아깝다는 생각이 들
었다. 무더운 여름이든, 칼바람이 부는 엄동설한이든 온난방기
만 틀어 놓고 있으면 사장은 눈치를 주며 빨리 끄라고 했다. 툭
하면 '지금 밖에 온도가 몇 도인 줄이나 아냐고! 반팔 입고 다녀
도 되는 날씨에 웬 난방이냐고' 소리치는 사람이었다. 그렇게 호
들 갑을 떨더니 전기세를 아껴야 한다며 할로겐전구에서 LED
조명으로 바꾸기까지 했으면서 장사 잘 안되는 공휴일만큼은 기

어이 목숨을 걸고 문을 열고 있었다. 더 아이러니한 것은 사장이 협회 일을 도맡아 하고 있다는 것이었다. 협회 임원이라는 자부심에 꽉 차 있는 사장은 협회 일이라면 국회의사당 앞에서 1인 시위까지도 할 사람이었다. 그런데 왜 매장 일 만큼은 하루도 쉬지 않고 365일 풀로 영업하려고 하는지 나는 사장의 그런 이중적인 행동이 전혀 이해가 되질 않았다. 어찌 됐든 내가 이 매장을 떠나지 않는 이상, 공휴일을 찾아 먹기는 하늘의 별을 따는 것보다 힘들 것이라고 생각하고 있었다.

천장에서 물이 떨어지고 있는 집 걱정 때문에 점심도 먹는 둥 마는 둥 한 나는, 집 상황을 살피기 위해 유선전화로 연락을 했다. 하지만 아이들은 전화를 받지 않았다. 연휴여서 아이들이 집에 없을 리가 없었다. 나는 고개를 갸우뚱거리며 다시 전화했다. 이번에도 신호음만 갈 뿐 전화를 받지 않았다. 나는 불길한 예감이 머릿속을 스치면서 천장에서 물 쏟아지는 소리가 귓전에 맴돌았다. 아침까지 찔끔찔끔 떨어지던 물이 폭포수처럼 쏟아지고 있는 것만 같았다. 아이들은 거실을 꽉 채운 물속에 잠겨 둥둥 떠다니고 있는 것만 같았다. 생각이 거기까지 이르니 지금 당장이라도 집으로 뛰어가고 싶었다. 그때 핸드폰 벨이 울렸다. 집이었다.

"엄마, 현관문 유리 깨졌어요."

작은애가 울먹이며 말했다.

"무슨 소리니? 울지 말고 다시 말해봐!"

"오빠가 나, 발로 차다가 잘못 차서 현관문이 깨졌어요. 그런데 별로 안 깨졌어요."

작은애는 울음을 멈추고 긴장한 듯 조용히 말했다.

"오빠 바꿔 봐! 도대체 무슨 소리야! 엄마가 거기서 13년 동안 살면서도 유리를 한 번도 깬 적이 없는데, 어떻게 발로 찼길래 그 단단한 유리가 깨져?"

나는 작은애 말이 끝나기가 무섭게 소리치며 말했다. 작은애는 갑자기 말을 잇지 못하고 벙어리처럼 수화기만 들고 있었다.

"오빠 바꾸라고 했지. 뭐 하고 있어!"

작은애가 수화기를 든 채 큰애를 불렀다. 하지만 큰애는 전화를 받지 않았다. 나는 큰애가 전화를 받지 않을 것이라는 걸 잘 알고 있었다. 요즘 큰애의 행동은 내가 감당하지 못할 만큼 이상해져 있었다. 마치 악한 마귀에 쓰인 듯 비정상적인 행동을 자주 하고 있었다. 엄마가 집에 있을 때는 순한 양처럼 고분고분 말을 잘 듣다가도 엄마가 출근만 하면 돌변해 작은애를 때리거나 깡패처럼 부려먹고 있었다. 그렇다고 학교 공부를 못하는 것도 아니었다. 학교에서는 모범생처럼 말 잘 듣고, 집에만 오면 다른 모습이 되었다.

내가 동생 때리지 말라고 회초리를 들 때면 방바닥을 떼굴떼굴 구르며 천사 같은 얼굴로 용서를 빌곤 했다. 나는 큰애의 이런 다중인격적인 행동에 적응이 되지도 않았지만, 어디에 장단을 맞춰야 될지를 몰라 머리가 아플 지경이었다. 마지막 수단으로 잘 본다는 정신병원에 예약도 해 봤지만, 아이가 가지 않으려 해서 실패로 돌아갔었다. 나는 큰애의 성격 변화의 장본인은 게임에 있다고 생각했다. 4학년이 되면서부터 몇 시간씩 헤드셋을 끼고 게임을 하더니 어느 순간부터 게임이 자기 마음대로 되지 않거나, 방해를 받았다고 생각하거나, 게임을 못 하게 하면 여지없이 돌발행동을 하고 있었다.

수화기를 든 채 오빠만 계속 부르고 있는 작은애에게 일단 전화를 끊으라고 했다. 천장에서는 지금도 물이 떨어지고 있는지, 물 떨어지는 양은 좀 어떤지 대야는 잘 받치고 있는지, 거실로 스며들진 않았는지 등을 물어보려 했으나 작은애의 황당한 사건 보고에, 화가 치밀어 올라 아무 생각도 나지 않았다. 유리창은 얼마나 깨졌는지, 깨진 유리에 다친 곳은 없는지도 궁금했지만, 퇴근 후 직접 확인하기로 했다. 지금 다시 전화해 봤자, 큰애는 전화를 받지 않을 것이고, 작은애는 계속 징징거릴 것이 분명했다.

나는 머리가 깨질듯한 기분을 참고 하루를 보내고 퇴근했다.

집 앞에 다 와 대문 앞에 서서 나는 큰애 이름을 큰 소리로 불렀다. 연거푸 두 번을 불렀는데도 집안에서는 인기척이 없었다. 나는 가방에서 열쇠를 꺼내 대문을 열고 들어왔다. 큰애가 현관을 가리고 서 있었다.

"집에 있었으면서도 대답도 안 하고 거기 서서 뭐 해?"

"엄마 보지 마!"

큰애는 금방이라도 눈물을 쏟을 듯한 표정을 하고는 양팔을 펴서 내 앞을 가로막았다.

"비켜, 새끼야! 도대체 동생을 어떻게 때리려고 했길래 그 단단한 유리문이 깨지냐고? 나쁜 새끼. 너는 하는 짓마다 네 아빠밖에 안 닮았어. 성격이나, 하는 짓이나……."

나는 비켜서지 않고 끝까지 버티고 서 있는 큰애의 머리통을 한 대 쥐어박은 뒤 어깨를 밀치며 말했다.

큰애가 넘어지듯 강제로 현관문 옆으로 비켜서자, 현관문의 실체가 눈앞에 나타났다. 낮에 작은애가 얘기했던 상황보다 훨씬 심각했다. 큼지막한 현관 유리가 대각선으로 금이 쭉, 가 있었고 가운데는 유리가 완전히 깨서 덩그러니 구멍이 나 있었다. 그 구멍 사이로 주먹 세 개는 들어갈 것 같다.

"엄마 이거요! 엄마, 유리 밟으면 안 되니까 내가 저기다 치워 놨어요."

깨진 유리를 두 손에 들고 작은애가 나타났다. 작은방에 숨어 있다가 어쩔 수 없이 모습을 보이는 모양이었다.

"손 베면 어떻게 하려고 유리 조각을 들고 있어! 빨리 안 내려놔!"

깜짝 놀란 나는 가방을 거실 바닥에 던져 놓고 작은애가 들고 있던 유리 조각을 빼앗았다. 그리고는, 신문에 여러 겹 싸서 보일러실에 가져다 놓고, 거실 바닥 여기저기에도 널브러져 있는 유리 조각을 빗자루로 쓸었다. 큰애가 빗자루를 피하다가 유리 조각이 발바닥에 박혔다. 그때까지도 간신히 감정 조절을 하고 있던 나는 빗자루를 거꾸로 들고 큰애의 등짝을 사정없이 갈겼다.

"엄마가 지금 유리 조각 쓸고 있는 거 안 보여! 왜 자꾸 알짱거려서 이런 일을 만드는데. 동생 때린 거 그냥 넘어가려고 했더니 아주 하는 짓마다 꼴통 짓만 골라서 하고 있어! 커서 뭐가 되려고 자꾸 이러니?"

큰애는 유리 조각이 박힌 발바닥을 볼 새도 없이 바닥에 누워 데굴데굴 굴렀다.

"너도 이리 와! 오빠랑 왜 싸웠는데. 그러잖아도 천장에서 물 떨어지는 것 때문에 엄마 신경이 곤두서 있는 거 안 보여! 너희들 도대체 왜 이러니? 엄마도 아빠처럼 집 나가서 들어오지 말까? 보육원에 보내?"

나는 작은애 등짝도 마구잡이로 두드리며 소리쳤다. 나는 화가 나면 아이들을 이런 식으로 협박했다. 해서는 안 되는 말인 줄 알면서도, 아이들이 상처 입을 것을 잘 알면서도 한 번씩 이성을 잃을 때마다 물불 안 가리고 나의 입에서 튀어나오는 말들이었다. 아이들은 늘 부재중인 아빠보다 엄마가 언제 사라질지 모른다는 불안감에 항상 사로잡혀 있었다.

"잘못했어요. 다시는 안 그럴게요. 다시는 동생 안 때릴게요. 제발 나간다는 소리만 하지 말아 주세요, 엄마."

큰애가 유리 조각이 박힌 채로 일어나 내 바짓단을 붙잡고 울부짖었다. 작은애도 덩달아 달려들어 다른 한쪽 바짓단을 붙들고 늘어졌다. 나는 정말 돌아버릴 것만 같았다. 부엌 천장에서는 물이 쉴 새 없이 떨어지고 있고, 깨진 유리창 너머로는 칼바람이 기다렸다는 듯 마구잡이로 들이닥치고 있었다. 오늘 기온이 영하 9도까지 내려간다고 했는데 내가 느끼는 체감 온도는 영하 20도보다 더 낮게 느꼈다.

나는 내 바짓단을 잡고 들러붙어 있는 아이들의 손을 떼어 내고 안정을 시킨 뒤 큰애 발바닥을 살폈다. 투명한 유리 조각은 눈으로는 잘 보이지 않았다. 나는 손가락으로 발바닥을 서서히 스치면서 확인했다. 큰애에게 느낌이 이상하거나 뭔가 걸리는 듯한 곳이 있으면 멈추라고 말해 달라고 했다. 큰아이는 좀 전까지 악을 쓰고 울더니 엄마의 따뜻한 말에 눈물을 뚝 그치고 발바닥의 촉감을 느끼고 있었다.

"거기요. 거기가 계속 뭔가 찌르는 듯한 느낌이 나요."

큰애는 발바닥 중앙을 가리키며 말했다.

나는 바늘을 가져와 큰애가 말했던 곳을 천천히 긁어냈다. 몇 번을 더 긁자, 좁쌀만한 유리 조각이 발바닥에서 빠져나왔다. 유리 조각을 제거한 후 과산화수소수로 소독을 시킨 뒤 빨간약을 발라 주고, 깨진 유리창을 임시로 막기 위해 테이프를 찾았다. 구멍 난 곳은 애들이 다 쓴 스케치북을 오려 덧대고, 금이 간 곳은 테이프로 이리저리 붙였다. 그랬더니 정신없이 들어오던 칼바람을 막을 수 있었다. 나는 아이들에게 하룻밤만 더 고생하자고 위로하듯 말하고는 그사이에 물이 가득 찬 대야를 싱크대에 붓고, 다시 제자리에 가져다 놨다. 물은 여전히 같은 속도로 세 군데서 떨어지고 있었다.

나는 하필 이런 때 연휴가 걸려 수리도 못 하는 상황이 한탄스러웠다. 마음만 급하고, 손발이 묶여 있는 것만 같아 답답해 죽을 지경이었다. 하지만 어쩔 수 없이 내일을 기다릴 수밖에 없었다.

마음을 어느 정도 가라앉힌 나는 씻기 위해 욕실로 들어가 화장부터 지웠다. 클렌징티슈로 눈가부터 닦아 낸 후 클렌징폼으로 얼굴을 씻어냈다. 하루 내내 얼굴을 두껍게 덮고 있던 파우더가 거품과 함께 배어 나왔다. 그때 밖에서 작은애가 부르는 소리가 들려왔다. 아직 얼굴도 씻기 전인데 뭐라고 중얼대며 계속해서 불러댔다. 언뜻 듣기에는 보일러가 어쩌고저쩌고하는 것 같았다. 마음이 급해진 나는 차가운 물로 얼굴을 대충 씻고 욕실을 나왔다.

작은애가 현관문을 활짝 열어 놓고 보일러 쪽을 손짓했다. 보일러에서 김이 모락모락 나면서 뜨거운 물이 폭포수처럼 쏟아지고 있었다. 부엌 천장에서 떨어지는 물방울과는 비교도 되지 않을 만큼 많은 양의 물이 하수구로 빠져나가고 있었다. 나는 재빨리 보일러 덮개를 뜯었다.

보일러 내부는 단순했다. 보일러 안을 대부분 차지하고 있는 니켈 색깔의 원통형 물탱크가 한눈에 들어왔다. 그리고 작은 부품들 몇 개와 부품들 사이를 연결하는 전선 몇 가닥이 보일러 내부의 전부였다. 끊어진 전선도 없었고, 부식되어 너덜너덜한 곳도 없었다. 단지 원통 안에서 물소리만 들릴 뿐이었다. 귀신이 곡할 노릇이 아닐 수 없었다. 도대체 어디가 잘못됐단 말인가? 나는 혼자서 중얼거리며 일단 보일러를 껐다. 한 겨울이라 보일러가 돌아가지 않으면 금방 집안이 추워질 것이 뻔했지만, 저렇게 뜨거운 물을 계속해서 내보낼 수만은 없는 노릇이라고 생각했다. 하지만 보일러를 꺼도 물은 계속 흘러내렸고, 보일러 속에서 나는 물소리도 멈추지 않았다.

나는 간밤에 한잠을 못 잤다. 주방 쪽 천장에서 떨어지는 물을 대야에 받아 퍼 나르는 것도 일이었지만, 작은 방 벽에서까지 물이 흘러내리는 것을 보자 기가 막혀서 잠을 이루지 못했다. 컴퓨터가 있는 벽에서 물이 흘러 방바닥 한가운데로 고이고 있었다. 이러다 전기 합선으로 차단기까지 내려갈까 겁이 난 나는 김치냉장고 코드, 컴퓨터 코드, 프린트 코드, 공유기 코드를 차례대로 뽑았다. 다행히 부엌 쪽 천장에서 떨어지는 물의 양만큼은 아니었지만, 그래도 수건 몇 개를 가져다 놓고, 고인 물을 마른걸레로 훔치며 밤을 보냈다.

날이 밝아 오자마자 마음이 급해진 나는 컴퓨터를 켜서 유리

가게와 보일러 A/S 센터 전화번호를 검색했다. 천장 누수 수리하는 곳도 검색해 볼까, 잠깐 생각했지만, 그 일은 집주인인 아버님이 알아서 한다고 했으니 검색하지 않았다. 나는 검색창에 뜬 업체 중 집과 제일 가까운 주소지의 연락처를 몇 군데 종이에 적어 백에 넣었다. 지금 연락하기에는 너무 이른 시간이어서 출근한 후에 연락해 볼 작정이었다.

출근 준비를 다 한 나는 아이들에게 수리기사가 올 때까지 주의 사항을 얘기했다. 절대로 보일러를 켜지 않는다. 대야는 수시로 확인한다. 작은방으로 흘러든 물 또한 수시로 닦아 낸다. 등이었다. 아이들에게 할 얘기를 다 한 나는 지갑에서 카드 한 장을 꺼내 큰애에게 주었다. 혹시 이체를 거부하는 수리기사가 오면 카드로 결제하라는 뜻이었다. 집에 문제가 생기면 대부분 인터넷뱅킹으로 계좌이체를 해 주고 있었지만, 간혹 계좌이체를 거부하는 기사도 있어서였다. 계좌이체를 싫어하는 기사들의 대부분은 고객을 믿지 못했다. 그들은 한결같이 말했다. 수리하고 나면 계좌이체 시켜 준다고 해 놓고 몇 날 며칠 연락이 없는 경우가 허다하다는 것이었다. 끈질기게 전화를 해 받아 내기도 하지만 계속 미루다가 몰래 이사 가는, 경우도 있다고 했다. 몇 번씩데이고 나니 이제는 계좌이체 시켜 준다고 하면 수리를 안 해 주는 경우도 생겼다고 했다. 국세청 홈페이지에 매출이 고스란히 잡힐지언정 차라리 신용카드로 계산하라고 설득한다는 것이었다. 그래야 뱃속은 편하다고 했다.

출근하자마자 같이 일하는 직장동료와 함께 순식간에 매장 청소를 끝내고, 집에서 메모해 온 쪽지를 들고 여기저기 전화했다. 유리 가게는 두 군데나 전화를 받지 않았다. 마지막 한군데까지 전화를 받지 않으면 어떻게 하나 싶었는데 다행히 전화를 받았다. 나는 너무 반가운 나머지 하소연을 늘어놓으며 빨리 좀 와달라고 했다. 하지만 하소연은 먹히지 않았다. 오늘 중으로 방문이 힘들 수도 있다는 대답이 돌아왔다. 예약 손님만 다섯 팀이나 밀려 있다고 했다. 그 말에 화가 난 나는 거짓말 그만하라고 했다. 여기서 13년이나 사는 동안 단 한 번도 유리가 깨진 적이 없었는데 솔직히 집안에서 유리가 깨질 일이 얼마나 되느냐고 반문했다. 그런데 정말 월요일이 제일 바쁘다고 했다. 주말에 부부싸움을 유독 많이 하는지 꼭 공휴일 다음 날엔 유리가 작살난 집이 많이 생긴다고 했다.

이러다가 오늘 중으로 유리를 교체하지 못할 것 같은 예감이 든 나는 연기 하듯 울먹이는 목소리로 다시 하소연을 시작했다. 방학이라 하루 내내 집에 있는 아이들이 깨진 유리 사이로 들어오는 찬바람 때문에 덜덜 떨고 있다고 했다. 거기다 보일러까지 고장 나서 감기에 걸려 있는데, 오늘 유리를 고치지 않으면 아이들이 폐렴으로 넘어가 어쩌면 쌍으로 병원에 입원할지도 모른다고 말했다. 상황이 이러하니 저녁 늦게라도 와서 꼭! 좀 유리를 갈아 주시면 안 되겠느냐고 애원하듯 말했다.

나에게 말을 진지하게 듣고 있던 유리 가게 사장이 코를 연거푸 훌쩍거렸다. 그리고는, 어떻게 해서든지 오늘 중으로 교체해 보겠다고 했다. 유리 가게와 통화를 끝내고 나는 바로 보일러 수리점에 전화했다. 다행히 보일러 수리점에서는 금방 전화를 받았다. 방문 시간도 점심때쯤으로 잡을 수 있었다.

쪽지에 적힌 곳에 전화를 모두 끝내고 한숨을 돌리고 있는데 직장 동료가 커피 한 잔 타들고 오더니 입을 뗐다.

"도대체 밤사이에 무슨 일이 있었던 거예요?"

"일이 좀 많았어……."

나는 어제 있었던 악몽 같은 일들을 하나하나 하소연하려다 긴 숨을 내쉬고 입을 다물었다. 결혼도 아직 하지 않고, 부모님과 큰 아파트 단지에서 살면서 어머니가 해 준 밥만 먹고 사는 총각에게 무슨 하소연을 한들 이해할 수 있을까 싶어서였다.

"커피나 드셔요. 나중에 결혼하고, 애 낳아보면 다 알게 되니까."

"저 무시해요? 나도 알 거 다 알아요."

직장동료는 입을 삐쭉거렸다. 그때 사장이 출입문을 열고 들어왔다.

"둘이 무슨 역적 모의를 하고 있나?"

직장동료와 나는 동시에 벌떡 일어나 사장에게 인사를 했다. 사장은 인사를 받는 둥 마는 둥 하며 장부부터 확인했다. 어제 날짜 밑에 매출이 한 줄도, 써지지 않은 것을 보더니 미관이 있는 대로 찌푸려지기 시작했다.

"신정이라 그런지, 어제는 정말 손님 없더라고요. 수리 손님 몇 명 있었는데 다 진상이었어요."

나는 뒷머리를 긁적거리며 말했다.

"언제는 있었고? 김 기사 혼자 가게 볼 때는 늘 이렇게 손님 없었다고. 아무래도 김 기사는 손님을 쫓아내는 스타일인가 봐? 이런 식으로 장사하려면 집에서 애나 보지 그래?"

사장은 더 이상 장부를 보고 싶지 않은지 들고 있던 볼펜과 함께 서랍 속에 다시 넣으며 말했다.

내가 이곳에서 일한 지는 1년이 조금 안 되었다. 그전에 다니던 직장은 집에서 너무 멀어 아이들을 제대로 간수할 수가 없어서 집이 가까운 쪽으로 옮긴 곳이 이곳이었다. 집이 가까워져서 좋았지만, 직장 일에는 훨씬 더 집중하지 못하고 있는 건 사실이었다. 작은 애가 시도 때도 없이 매장으로 찾아왔고, 나 또한 아이들이 조금만 아프다고 하면 매장 2층에 있는 내과로 불러들여 진찰을 받게 하고 있었다. 그러다 보니 손님들에게 집중을 제대로 못 할 때가 많았다. 그 점에서는 나도 할 말이 없었다.

"죄송합니다. 더 분발하겠습니다."

나는 약간 억울한 생각도 들었지만, 아이들 때문이라도 이 직장을 그만두고 싶지 않았다. 더군다나 사장은 협회 회장을 맡고 있었다. 누구누구 직원은 불성실한 데다가 능력까지 없다고 소문이라도 나면 정말 이 바닥에서 발도 못 붙일 수도 있는 노릇이었다. 나는 두 눈 딱 감고, 감정을 억눌렀다.

"알았어요. 더 지켜보겠습니다. 분발 좀 하세요. 나는 땅 파서 월급 주는 거 아닙니다. 나름대로 경력도 있고, 고급 인력이라고 생각한다면 김 기사의 능력을 보여주세요."

"네! 사장님. 열심히 노력하겠습니다."

나는 매장 전체가 흔들릴 만큼 큰 소리로 외쳤다. 사장은 만족스럽다는 표정을 지으며 내 어깨를 툭툭 쳤다. 그때 내 주머니에서 핸드폰 벨이 울렸다. 액정화면을 보니 좀 전에 통화한 보일러 수리기사였다. 나는 통화버튼을 누르지 못하고 머뭇거렸다.

"얼른, 전화 받아요!"

사장이 턱으로 내 핸드폰을 가리키며 말했다. 나는 어깨를 으쓱거리며 통화버튼을 눌렀다. 수리기사는 내가 전화를 받자마자 용건부터 말하려 들었다. 나는 대화가 길어질 것 같아 매장 밖으로 나왔다. 기사는 부품만 교체해서는 해결이 안 되고, 보일러 안에 있는 원통을 새것으로 교체해야 물이 새지 않는다고 했다. 나는 알았다고 말하고 최대한 빨리 교체해 달라고 했다. 기사는 원통 가격부터 말했다. 내가 얼마냐고 묻자, 이십 만원대라고 말했다. 너무 비싸다고 느껴진 내가 무슨 양철통 가격이 그렇게나 비싸냐고 물었다. 그 돈이면 조금 더 보태서 보일러 전체를 교체할 수 있겠다고 했다. 수리기사는 그럼 알아서 하라고 더 엄포를 놨다. 머리로 대충 계산해 본 나는 울며 겨자 먹기로 그냥 교체해달라고 했다. 기사는 진작 그럴 것이지 하는 말투로 대답하고는 공장에 주문이 들어가면 이틀 정도 걸린다고 말하고는 전화를 끊었다.

　나는 이런저런 생각을 하면 할수록 한숨밖에 안 나왔다. 내 신세가 처량하게만 느껴졌다. 앞으로 이틀은 더 냉방에서 잠을 자야 하고, 차가운 물로 몸을 씻어야 한다는 사실이 끔찍했다. 임시방편으로 가스레인지에 물을 데워서 쓸 수도 있었지만, 바쁜 출근 시간에는 그 일조차 버거운 일이었다. 집에는 전기요도 없는데 아이들은 또 어떻게 재워야 할지 막막했다. 2층에 사는 시부모에게 아이들을 보내도 됐지만 2층이 더 냉골이었다. 두 노부부는 이날 이때까지 한겨울에도 보일러 한 번을 제대로 돌리지 않고 살았다. 이유는 간단했다. 보일러 기름값이 아까워서였다. 시어머니는 한 달에 20만 원을 기름값으로 내느니 차라리 전기요를 깔고 자는 게 낫다고 말했다. 그런 곳에 아이들을 재울 수는 없었다. 나는 고개를 흔들었다. 제발 현관문과 천장만이라도 오늘 중으로 꼭 수리가 되었으면 하는 마음이 간절했다.

　전화를 끝내고 매장으로 돌아왔을 때는 사장은 보이지 않았다. 직장동료는 사장이 퇴근했다고 말했다. 출근과 동시에 장부만 보고 퇴근하는 일은 늘 있었던 일이라 새삼스럽지 않았지만, 오늘은 불행 중 다행이다 싶었다.

　퇴근 시간이 다 되어 가자, 내 마음이 요동치기 시작했다. 현관문 유리 때문이었다. 걱정이 앞선 나는 집에 전화해 작은애에게 현관문 어떻게 됐냐고 물었다. 작은애는 기분 좋은 목소리로 다 고치고 갔다고 말했다. 나는 깜짝 놀라며 왜 엄마한테 얘기하지 않았느냐고 다그치듯 물었다. 작은애는 아저씨가 엄마 오면 얘기하라고 해서 전화 안 했다고 했다. 나는 전화를 끊고, 유리 가게 사장에게 바로 전화를 걸었다. 유리 가게 사장은 벌써 퇴근했냐고 너스레를 떨듯 물었다. 내가 아직 퇴근하기 전인데, 집에 전화해 보니 유리 갈고 가셨다고 해서 전화한 거라고 말했다. 그리고는 얼마 드리면 되느냐고 물었다. 유리 가게 아저씨는 잠깐 조용하더니 5만 원인데 3만 원만 달라고 했다. 내가 고생했으니 다 받으라고 하자 작은애에게 탕수육을 사주기로 약속해서 그럴 수 없다고 했다. 어린애가 지하에서 맨발로 뛰어 올라와 대문을 열어주는 것을 보고 너무 고맙고 짠했다고 했다. 유리문 교체하는 내내 옆에 쭈그리고 앉아 덜덜 떨며 소소한 심부름까지 다 해줬다고 했다. 집에서 편하게 있는 자기 딸이 생각나서 혼났다고 했다. 천장에서는 물이 뚝뚝 떨어지고 있는데 해맑게 웃는 아이가 너무 안쓰러웠다고 했다. 그 말을 들은 나는 비참하기 짝이 없었지만 더 이상 유리값을 다 받으라는 말을 하지 못했다. 그냥 깎아주서서 고맙다는 말만 하고 전화를 끊었다.

퇴근하고 집에 돌아와 보니 현관문은 깨끗하게 교체되어 있었다. 하지만 천장에선 여전히 물이 떨어지고 있었다. 그뿐만 아니라 며칠 동안 떨어진 물 때문에, 천장에 붙어 있던 벽지가 너덜

너덜해져 있었다. 게다가 콘크리트 냄새까지 진동하고 있었다. 이곳에서 산 지 13년 만에 처음 맡아본 독특한 냄새였다. 워낙 깊은 지하여서 곰팡이 냄새는 항상 맡고 있었지만, 콘크리트 냄새까지 겹치니 정말 시궁창에 빠져 있는 느낌마저 들 정도였다. 토악질이 날 것만 같은 곳에서 엄마가 온 줄도 모르고 정신없이 컴퓨터 오락만 하는 큰애가 짐승처럼 느껴졌다. 나는 큰애를 큰 소리로 불렀다. 하지만 헤드셋을 끼고 있는 큰애는 내 말을 듣지 못하고 있었다. 화가 머리끝까지 난 나는 빠른 걸음으로, 작은방으로 들어가 큰애의 머리통을 주먹으로 사정없이 내리쳤다. 그제야 큰애는 두 손으로 머리를 감싸며 일어났다.

"천장에서 왜 계속 물이 떨어지니? 할아버지가 안 고쳤어?"

"고치고 갔어요."

큰애는 울먹이며 대답했다.

"근데 왜 물이 떨어지는데?"

"몰라요? 할아버지가 그냥 놔둬 보래요. 금방 멈출 거라면서요."

나는 큰애의 말을 의심했다. 저렇게 똑같은 속도로 떨어지는데 그냥 놔두면 멈춘다는 게 말이 맞지 않아서였다. 보통 물길을 잡거나 터진 곳을 수리하면 아무리 고였던 물이라도 수 십분 안에 떨어지는 속도가 줄어들게 되어 있었다. 그건 누구나 아는 상식인데 놔두라니……. 나는 2층으로 뛰어 올라가 무슨 말이냐고 시아버지에게 묻고 싶었지만, 문제를 제기한다고 해서 당장 해결할 수도 없는 시간대였으므로 일단 참기로 했다.

나는 다음 날 아침 일찍 2층에 올라갔다. 그리고 방문을 등지고 누워서 텔레비전을 보고 있는 시아버지에게 물었다.

"어제 천장에 물 샌 거 고치셨다는데 아직도 물이 똑같이 떨어지고 있어요."

"조금만 기다려 봐라, 어제 탐지기 갖다가 1층 고치고 갔다."

"아니, 고치고 갔는데 물이 저렇게 많이 떨어질 수가 있나요?"

흥분이 가라앉지 않은 나는 목소리에 힘이 들어갔다.

"1층은 잡았다. 근데 다른 곳에 또 문제가 있다."

"또 어디가 문제인데요?"

나는 한숨이 저절로 나왔다. 도미노 현상처럼 집안 곳곳에 터지는 사고가 기가 막힐 뿐이었다.

"저쪽 오른쪽 외벽에 고드름이 잔뜩 달려 있어. 그 고드름이 녹아야 뭔 일이 될 성싶다."

"고드름하고, 천장에서 물 떨어지는 것과 무슨 상관이 있을까요?"

나는 시아버지가 치매가 있나 싶을 만큼 시아버지의 말이 이해가 되질 않았다. 하지만 시아버지는 한결같이 며칠 더 기다리라는 말만 반복하면서 왜 물이 계속 떨어지고 있는지를 설명했다. 언제인지는 모르겠으나, 옥상에 있는 수도꼭지를 틀어 놨는지 2층 쪽 건물 외벽이 전부 얼어 고드름이 매달려 있다고 했다. 몇 날 며칠 얼었는지, 아무리 얼음을 떨어뜨리려고 해도 단단히 얼어 있어서 손도 쓸 수 없다고 했다. 그래서 날씨가 풀릴 때를 기다릴 수밖에 없다는 게 시아버지의 결론이었다.

　나는 며칠을 더 천장에서 물 떨어지는 것을 지켜봤다. 그동안 보일러 통은 새것으로 교체됐다. 이제 방도 따뜻하고, 따뜻한 물도 나왔지만, 천장에서 떨어지는 물의 양은 더 많아졌다. 부엌쪽 천장에만 고여 있던 물이 이제는 큰방 천장까지 장악해 오고 있었다. 얇은 벽지 안에서 물이 흐르는 자국이 선명하게 나고 있었다. 물론 큰애가 주구장창 앉아 있는 컴퓨터 방 벽에서도 계속해서 물이 흘러내리고 있었다. 나는 더는 참을 수가 없었다. 이건 고드름의 문제가 아니란 생각밖엔 들지 않았다. 나는 시부모가 장사하고 돌아올 때를 기다렸다, 대문이 열리고 인기척 소리가 나자, 잽싸게 현관문을 열고 지하 계단을 뛰어 올라갔다. 두 분은 맨발로 뛰어 올라온 나를 놀래듯 쳐다봤다.
　"아버님, 도대체 어디를 고치셨다는 거예요? 아버님이 기다려 보라고 해서 며칠 기다렸는데도, 물은 더 많이 새고 있잖아요. 이러다가 집이 무너지겠어요. 그뿐인 줄 아세요? 시커먼 천장에서 나는 특유의 콘크리트 냄새 좀 맡아보세요. 애들 천식과 기관지염 때문에 하루가 멀게 병원 다니는 거 아버님, 어머님이 더 잘 아시잖아요. 저는 또 어쩌고요. 물 떨어지는 소리 때문에 잠을 잘 수가 없어요. 대야에 가득 찬 물 퍼내다 하룻밤이 다 간다고요. 그리고 제가 지금 직장에서 얼마나 깨지고 있는 줄이나 아세요! 일하러 와서 허구한 날 전화만 하고 있고, 틈만 나면 꾸

벅꾸벅 존다고 야단이에요. 이러다가 정말 저 잘리게 생겼다고요. 애들 아빠는 소식도 없는데 저라도 돈을 벌어야 애들을 먹여살릴 거 아니에요!"

"그러잖아도 어제 고치는 사람 왔다 갔다. 고드름만 녹으면 괜찮을 거 같다고 기다려 보자고 하더라."

시아버지는 기어들어 가는 목소리로 말하고는 2층으로 발걸음을 옮겼다. 시어머니도 아무 말 없이 2층 쪽으로 몸을 돌렸다. 나는 시어머니를 불렀다.

"어머니, 한 번 들어와 보세요. 어머니 아들 집이 어떤 꼴인가 좀 보시라고요. 저렇게 떨어지는 물은 고드름 때문에 떨어지는 게 아니라고요."

내가 시어머니의 어깨를 붙잡고 지하로 끌고 내려가려 하자 시어머니는 내 손을 세차게 뿌리쳤다. 그리고는 시아버지에게만 구시렁거렸다.

"도대체 일을 어떻게 맡겼는데, 아직도 물이 샌다니? 저런 멍텅구리 영감탱이한테 일을 맡겼으니 될 일이 있겠어? 차라리 뒈져나 불었으면 좋겠다."

"고치는 사람이 며칠 두고 보자는데…… 그럼 어떻게 하나?"

시아버지는 시어머니에게 질세라 자신을 합리화시키느라 바빴다. 나는 어처구니가 없어서 말이 안 나왔다. 이렇게 보고만 있다가는 정말 집이 무너질 것만 같았다.

"아버님 집수리 전화번호 좀 제게 주세요. 제가 전화해 볼 테니까요."

　시아버지는 두 개의 명함을 내게 주었다. 그러면서 전화해서 혼구녕을 좀 내 주라고도 했다. 물 새는 곳도 잡지 못하는 것들이 엄한 곳만 파 놓고, 30만 원씩이나 가져갔다고 했다. 나는 시아버지 얘기는 들은 체도 하지 않고 계단을 내려왔다. 내가 계단을 내려오는 내내 시어머니는 시아버지의 무능력함을 지적하며 잔소리를 늘어놓고 있었다. 하지만 나는 시아버지보다 시어머니에게 더 문제가 있다고 생각하고 있었다. 시아버지는 반평생을 무릎 관절염 때문에 제대로 된 일을 꾸준히 해 본 적이 없는 분이셨다. 그래서 호주머니가 늘 비어 있을 뿐만 아니라 모든 일에 자신이 없었고, 일 처리 또한 깔끔하게 처리하는 것을 본 적이 없었다. 집에서 하루 종일 하는 일이라고는 빨래하거나 설거지하는 일이 전부였고, 낮잠을 자거나 화초에 물을 주는 일이 일상이었다. 그런 분임을 너무도 잘 아는 시어머니는 집에 문제가 터질 때마다 시아버지에게 책임을 전가하려 했다. 이번 일도 마찬가지였다. 시어머니는 시아버지가 일 처리를 잘못해서 그렇다고 야단법석이지만 시어머니가 수리비를 제때 주지 않아서 문제가 더 커진 것이라고 나는 생각하고 있었다.

　나는 아침이 되기가 무섭게 시아버지가 준 명함을 보고 전화했다. 그쪽에서는 아침 일찍부터 전화를 한 나에게 짜증 섞인 말투로 누구냐고 물었다. 나는 시아버지에게 들은 얘기도 있고 해서 그따위로 일을 해 놓고 무슨 말을 그렇게 하시냐고 따지고 싶었으나 상냥한 목소리로 며칠 전 물 새서 수리한 집이라고 말했다. 그러자 수리기사는 마침 전화 잘했다며 나에게 물 새는 위치를 설명했다. 1층은 분명히 고쳤으므로 자신이 그냥 돈을 받아간 것이 아니라고 먼저 딱 잘라 말한 후 다시 말을 이었다. 다만 아쉬운 것은 2층 벽에서 물이 새고 있는 걸 발견 했는데도 수리하지 못하고 온 것이라고 말했다. 탐지기를 가져오려 했으나, 어르신이 탐지기 사용을 거부했다고 했다.

"아버님은 사장님이 좀 더 두고 보자고 하셨다는데요?"

"무슨 말씀을 그렇게 하신대요? 건물 뒤로 돌아가서 꽁꽁 얼어 있길래 2층 싱크대 뜯어야겠다고 말씀드렸더니, 수도꼭지를 틀어놔서 언 거라며 녹으면 괜찮다고 하셔서 그냥 왔구만…… . 노인네가 치매 걸리셨나? 생사람 잡네."

"다시 와서 고쳐 주세요. 최대한 빨리요, 이러다 집 무너지게 생겼다고요. 내일 텔레비전 9시 뉴스에 단독주택 무너져서 지하에 살고 있던 일가족이 모두 매몰돼 숨겼다는 기사가 나올지도 몰라요."

"사모님은 무슨 그런 재수 없는 소리를 하세요. 아침밥만 먹고 빨리 갈 테니까 집에 계세요."

"저는 출근해야 되니까, 전화 주세요. 아버님이 집에 계시겠지만 할 얘기 있으시면 저한테 전화 주시면 돼요. 물론 추가 비용도 저한테 말씀하시고요."

나는 수리기사와 통화를 끝낸 후 수리기사와 대화한 내용을 시부모에게 전했다.

"수리기사 곧 올 테니 아버님은 어디 가지 마시고 계세요. 그리고, 추가 비용 생기면 제가 준다고 했으니 돈 걱정은 마시고, 잘 고쳐 달라고 하시고요."

"어디가 문제라니?"

누워서 뒹굴고 있던 시어머니가 차가운 목소리로 말했다.

"2층 싱크대 쪽 벽에 문제가 있다고 하네요."

"거기는 또 왜 그런다니?"

"아버님에게 다 말씀하셨었데요. 아무튼, 그건 그렇고요, 제가 노파심에서 얘기 좀 하겠습니다. 어머님, 아버님도 언제 한 번 저희 습한 지하에서 며칠만 지내보셨으면 합니다. 평생 한 번도 지하에서 살아보지 않으신 걸로 저는 알고 있거든요. 요즘같이 좋은 세상에 열흘이 넘도록 천장에서 물 떨어지는 걸 방치하는 집이 몇이나 될까 싶어요. 전화 한 통화면 1시간 이내로 와서 고쳐 주는 세상인데요. 제 얘기 너무 언짢게 생각지 마시고 제, 입장에서도 좀 생각해 주셨으면 해서 말씀드려 봅니다."

"우리가 왜 지하에 내려가서 산다니?"

시어머니가 비꼬듯이 말했다.

나는 그런 시어머니에게 꼭 한마디하고 싶은 충동이 일어났다.

"어머님도 그러시는 거 아니세요. 예전에 2층 보일러 터져서 장판 안에 물이 흥건했을 때, 애들 아빠가 고쳐 달라고 하니까, 다음 날 바로 고쳐 주셨었어요. 애들 아빠 말이 떨어지기가 무섭게요. 그런데 지금 애들 아빠 집에 없다고 저희 이렇게 방치하시는 거 같아 솔직히 너무 서운합니다. 지금도 보일러 있는 벽에서 자꾸 콘크리트 조각이 떨어지고 있는데 아무래도 집이 곧 무너져서 저희 식구 매몰되어 죽을 거 같아요. 무너진 집 지하에서 손자, 손녀, 며느리 시체 거두시고, 어머님, 아버님은 백 살 넘게 오래오래 사세요."

나는 할 말이 끝나기가 무섭게 쏜살같이 밖으로 나왔다. 계단을 내려오는 내내 2층에서 무슨 소리가 들려왔지만, 나는 귀를 막았다.

이 집에서 13년을 넘게 주눅 들어 산 세월만 생각하면 나는 분하고 억울한 마음밖에 생기지 않았다. 팔은 안으로 굽지, 뒤로 굽지는 않는 법을 이제야 알게 된 것을 나는 후회했다. 시어머니는 당신의 아들을 위해서 나에게 내 딸, 내 딸 하며 위하는 척했지만, 항상 결정적인 순간에는 딸이 아니라 며느리였고 타인이었다. 정말 진심으로 당신의 딸이라고 생각했다면 토굴 같은 지하방에서 10년을 넘게 살게 하지는 않았을 것이라고, 생각했다.

수리기사는 매몰되어 죽을 것 같다는 내 말에 충격을 받았는지 아침밥도 먹지 않고 방문했다. 아직 출근 전이었던 나는 탐지기를 들고 2층으로 올라가는 수리기사를 뒤따랐다. 수리기사는 탐지기를 이리저리 들이대더니 싱크대 밑을 유심히 관찰했다.

"여기네요. 파이프가, 벽 속에 있는 파이프가 터진 것 같아요. 그쪽에서 감지가 되네요."

수리기사는 싱크대를 들어낸 후 해머로 둥글게 바닥을 팠다. 더 깊숙이 파자, 물이 빠른 속도로 고여 들었다. 수리기사는 잽싸게 1층으로 내려가 하수관을 잠근 뒤 터진 파이프를 잘라 내고 다른 파이프로 이었다. 그제야 흘러나오던 물이 멈췄다. 수리기사는 일을 마무리한 뒤 그녀에게 말했다.

"이제 물이 떨어지지 않을 것이니 걱정하지 마세요. 혹시 노파심이 생기면 물이 완전히 떨어지지 않을 때를 기다렸다 추가 비용을 입금해 주셔도 되고요."

"얼마예요?"

내가 물었다.

"원래는 탐지기 가져왔으니 30만 원인데 20만 원만 입금해 주세요."

"알겠습니다."

수리비가 2중으로 들어간 것 같아 조금 언짢기도 했지만, 더 깎아 달라는 말은 하지 못했다.

수리기사를 보내고, 지하로 내려와 천장을 올려다보니 정말 물 떨어지는 속도가 현저히 줄어들고 있었다. 물줄기를 잡는데, 30분도 안 걸린 셈이었다. 이렇게 금방 물을 잡을 수 있었는데도 수리하기까지 열흘이 넘게 걸렸다니 나는 쓴웃음이 저절로 나왔다. 그리고 내 무지함을 채찍질했다. 처음부터 내가 총대를 메고, 재빠르게 대처했다면 어땠을까 하는 생각이 들어서였다. 시부모는 생각하고 싶지도 않았다. 만약 금쪽같은 아들인 남편이 옆에 있었다면 이렇게까지 악몽 같은 새해를 보내지는 않았을 것만 같았다. 나는 출근길에 나서면서 수리비를 입금한 뒤 시어머니에게 전화했다.

"어머님, 저희 이사 가겠습니다."

"뭔 소리냐? 여태껏 잘 살다가……."

시어머니는 깜짝 놀란 목소리로 말했다.

"저희가 이 집에서 너무 오래 살았나 봅니다. 애들 아빠도 없는 상태에서 이곳에서 계속 사는 것이 너무 불편합니다. 꼭 남의 집에 사는 것 같아요. 아니 남의 집에 사는 것보다 더 못한 것 같아요."

"오냐? 그래서 너 동생한테 안방 내 줬냐?"

"네?"

"우리 아들 내쫓고, 네 동생 안방에 들여놨잖아!"

"어, 어머니!"

나는 기가 막혀서 말이 안 나왔다.

"맞구나? 그래서 네가 놀라는 게야."

"잘 모르시면 가만히 좀 계세요. 누가 누구를 쫓아내고, 안방을 내줘요?"

"언제 보니까 네 동생이 안방에서 자고 있길래 하는 소리다."

"알겠습니다. 동생 지금 친정에 내려가 있는데, 집으로 못 오게 할게요."

"못 오게 할 필요까진 없지 않니? 우리 아들 방에서만 나오면 되는 거지."

"네, 네. 알겠습니다."

나는 시어머니의 비아냥거리는 말투에 숨이 막힐 지경이었지만, 좀 전에 하다 만 말을, 마저 했다.

"그리고 저희 꼭 이사 갈 겁니다. 어머니가 어머니 아들 생각하는 것처럼 이제부터 저도 제 자식만을 위해 살려고 합니다. 금방이라도 무너질 것만 같은 이 습한 지하방에서 더 이상 제 아이들을 방치하지 않으려고 해요. 그런 줄 알고 계세요. 때가 되면 다시 말씀드릴게요.

나는 시어머니가 무슨 말을 하기 전에 전화를 끊었다.

이사 가는 날

이사 가려고 마음먹은 날, 나는 바로 시어머니에게 말했다. 물론 즉흥적으로 내뱉은 말은 아니었다. 1년 전에도 말했었고, 그동안 벼르고 별러서 한 말이었다. 내가 용기를 내서 말할 수 있었던 것은 친정어머니의 도움이 컸다. 친정어머니가 시댁 지하에서 14년이나 사는 딸을 더 이상 눈 뜨고는 못 보겠다고 하면서 5천만 원까지는 마련해 주겠다고 나섰기 때문이었다. 나는 이 좋은 기회를 놓칠 수가 없었다. 친정어머니가 해 준 돈과 지하를 세주고 나올 돈을 합치면 지상에 있는 쓸만한 집을 얻을 수 있겠다는 생각이 들었다.

"어머니, 저희 이번에는 진짜 이사 갈게요."

"……."

시어머니는 '또 시작이네. 돈도 없는 것들이 툭 하면 이사 간다는 소리나 해대고 말이야!'라고 말하는 것처럼 비웃듯 입꼬리만 올리고 있을 뿐 아무 말도 하지 않았다.

"어머니, 저희 정말 이사 갈 거라고요! 어머니가 약속하신 대로 지하만 빼 주시면 돼요. 나머지 돈은 누가 도와주시겠대요. 잘됐지 뭐예요. 이 기회에 지상으로 이사해서 애들 아빠도⋯⋯ 사람 한 번 만들어 보려고요. 아무래도 부모 밑에서 벗어나면 책임감이 조금은 생기지 않겠어요? 처자식 중요한 것도 알게 될 거고요. 그런 줄 알고 계세요."

시어머니는 여전히 말이 없었다.

◉ ◎ ◎

그 후, 한 달이 지났다. 나는 퇴근하고 씻고 있었다. 밤 10시가 조금 지난 시간이었다. 작은애가 핸드폰 벨이 울린다며 욕실 문을 열었다. 나는 얼굴에 거품이 가득한 채로 전화를 받아 들었다. 시어머니였다. 나는 수건으로 얼굴의 거품을 대충 제거하고 거실로 나와 통화 버튼을 터치했다.

"그래, 이제 네가 볼 장 다 봤다 이거냐? 내가 얼마나 우리 새끼들을 사랑했는데⋯⋯ 네가 나한테 그럴 수가 있냐?"

시어머니는 내가 전화를 받자마자 숨도 안 쉬고 퍼부었다.

"갑자기 무슨 말씀이세요?"

나는 시어머니가 괴성을 지르며 화를 내는 이유를 알지 못해 어리둥절한 채 말했다.

"큰애가 초등학교 졸업했는데, 왜 나한테 말 안 했냐? 큰애가 태어났을 때부터 내가 업고 어린이집 다니고 한 일들, 기억 안 나냐? 사람의 탈을 쓰고 그러면 못쓴다."

"어, 아니에요."

나는 무슨 말을 하려다가 참았다.

사실 나는 시어머니에게 큰애 초등학교 졸업식 날짜를 일부러 얘기하지 않았다. 어느 순간부터 시어머니에게 쌓였던 악감정들이 화산이 분출하듯 내 가슴 속의 응어리가 금방이라도 폭발할 것만 같아서였다.

시어머니도 시어머니였다. 큰애 초등학교 졸업은 모두가 다 아는 사실이었다. 정말 시어머니가 큰애 졸업식에 오고 싶었다면 얼마든지 알아낼 수 있는 일이었다. 그렇게 하지 않았다는 것은, 시어머니 또한 내가 꼴 보기 싫어 함께하고 싶지도, 말을 섞고 싶지도 않았던 것이 분명했다. 나는 침묵 끝에 뜬금없는 말이 튀어나왔다.

"어머니, 어머니가 늘 입버릇처럼 하셨던 말, 기억 안 나세요?"

"내가 뭐라고 했다고 그러냐?"

"큰애 초등학교 졸업하는 것만 보고 죽을 거라고 하셨잖아요. 큰애 덕에 여태까지 건강하게 잘 살고 계시니…… 이제는 여한이 없으셔야죠? 큰애 졸업식 참석이 뭐가 그렇게 중요해요?"

"오냐, 너는 내가 오래 사니까 배가 아프구나?"

"그, 그런 말이 아니잖아요, 어머니!"

"그래, 이제야 네가 본색을 드러내는구나. 하지만 어쩌냐? 나는 그냥 안 죽는다. 꼭 100살까지 살아서, 끝까지 네 시애미 노릇 할 거다. 두고 봐라!"

시어머니는 악에 받친 목소리로 아무 말이나 쏟아냈다. 하지만 나는 무덤덤했다. 시어머니가 분노하면 할수록 내 마음은 오히려 편해졌다.

"어머니, 제가 봤을 때는 뭔가 다른 이유로 서운하신 듯싶네요?"

"됐다."

"저도 큰애 졸업식 날, 회사에 늦게 출근하는 걸 허락받고 잠깐 갔다 온 거예요. 그날 비도 오고, 애들 아빠도 소식도 없고 해서 일부러 아무에게도 연락 안 했습니다. 그리고 어머니도 졸업식 날은 알고 계셨잖아요?"

"내가 뭘 알고 있었냐?"

"큰애가 그러던데요, 뭘."

나는 시어머니에게 단 한마디도 지지 않고 대꾸했다. 시어머니는 전화를 툭 끊었다.

나는 혹시 핸드폰을 잘못 눌러서 통화가 끊겼나 싶어 통화 버튼을 여러 번 눌러봤지만, 받지 않았다. 나는 어쩔 수 없이 시어머니가 집에 돌아오는 시간만 기다렸다.

◉ ◎ ◎

　그렇게 두 시간쯤 지났을 때, 드디어 대문 열리는 소리가 났다. 나는 자는 큰애를 깨워 할머니한테 가보라고 했다. 큰애는 간신히 투덜대며 일어나 2층으로 갔다. 하지만 큰애는 금세 내려왔다. 거실 불이 꺼져 있다고 했다. 대문 소리가 난 지 불과 10분밖에 안 되었는데 벌써 잠들 일은 없었다. 나는 큰애와 함께 다시 올라가 큰애에게 할머니를 불러보라고 했다.

　"할머니, 할머니 주무세요?"

　"잠 안 자고 뭔 일이냐?"

　큰애 목소리가 떨어지기가 무섭게 거실 불이 켜지면서 현관문이 열렸다.

　"어머니에게 잠깐 할 말씀이 있어서요. 잠깐이면 됩니다."

　나는 현관문을 잡고 서 있는 시어머니를 살짝 밀치고 거실로 들어섰다. 뒤따라 들어 온 큰애가 엄마의 눈치를 살피더니 안방으로 들어가 할아버지 곁에 누웠다.

　나는 등을 반쯤 돌린 채 거실 끝에 앉아 있는 시어머니를 바라보며 말했다.

　"지상으로 이사 가도록 도와준다고 한 사람은…… 친정엄마예요. 그리고 큰애 졸업식 날짜 얘기 안 한 것은 죄송합니다."

　"내 명의로 계약해야 이사 간다."

"네? 무, 무슨 말씀이세요?"

나는 귀를 의심했다.

"너희 이사 갈 집을 내 명의로 계약해야 돈 보태 준다는 말이다. 내가 그 새끼를 어떻게 믿고 방을 빼주냐?"

"그러잖아도 어머니께서 애들 아빠 못 믿어, 할 것 같아서 생각 끝에 친정어머니와 제가 공동명의로 계약서 쓰기로 했어요. 어머님이 해 주셨던 신혼집 날릴 때처럼 또 그럴까 봐서요.

"네가 아무리 뭐라고 해도, 전세 계약서에 내 이름이 꼭 들어가야 방 빼준다."

"어머니!"

"좋은 생각이 있다. 그럼, 사돈이랑 나랑 반반 부담하고 공동명의로 하면 되겠구나?"

"그냥 저 좀 믿어 주세요."

"나는 더 이상 할 얘기 없다."

"어머니! 그게 말이나 돼요? 어느 나라에서 시어머니하고 친정어머니가 전셋집을 공동명의로 하는 나라가 있어요? 남들이 들으면 웃어요."

"어쨌든 간에 그런 줄 알아!"

"어머님이 이렇게 나오시면 저도 생각이 있어요."

"알아서 혀!"

시어머니는 더 이상 할 얘기가 없다는 듯 일어나며 안방으로 들어갔다.

"어머니, 애들 아빠는 못 믿지만 저는 아니잖아요. 또 예전부터 저희 사는 곳은 저희 몫이라고 하셨잖아요. 언제든지 돈 벌면 방 빼서 나가도 좋다고 하셔 놓고선…… 이제 와서 또 변덕을 부리세요."

"그러니까, 내 명의로 계약하고 나가라고!"

"어머니 정말 너무 하시네요. 저를 그렇게 못 믿으세요? 얼마 안 되는 지하 빼 주시면서 너무 생색내시는 거 아니냐고요? 제가 불쌍하고, 안타깝고, 딸 같다고 하신 말들 다 거짓말이었나요?"

나는 너무 속상하고 분해서 계속 말을 뱉었다. 하지만 안방으로 들어간 시어머니는 한마디도 하지 않고, 누워서 텔레비전 시청에 열중했다. 나는 분에 못 이겨 한숨을 푹푹 쉬다가 잠든 큰애를 그냥 둔 채 현관문을 나섰다.

다음 날 나는 친정어머니에게 시어머니의 완고한 태도를 전했다. 친정어머니는 펄펄 뛰다시피 했다. 내 딸이 처자식 등한시하고 제멋대로 돌아다니는 한량 같은 사위를 먹여 살린 세월이 얼만데……. 위자료 값도 안 되는 그깟 몇 푼 해 주면서 아까워하느냐고 했다. 그러면서 시어머니 말에 너무 신경 쓰지 말고 부동산에 방부터 내놓으라고 했다.

나는 친정어머니와 통화가 끝나자마자 집 근처에 있는 부동산 사무실을 방문했다.

"이 동네 사는 사람인데요, 사는 방을 빼서 근처로 이사를 가려고 해요."

"조건을 말씀해 주세요."

"지금 사는 집은 지하인데요, 5천만 원에 전세로 내놓고, 살 집은 지하가 아니었으면 좋겠습니다. 초등학생 남매가 있으니, 방은 세 개이면 더 좋겠습니다."

나에게 조건을 다 들은 부동산 사장님이 한숨을 쉬며 대답했다.

"사모님, 요새 전세 시세가 얼마인 줄이나 알고 말씀하시는 거예요? 지은 지 30년 넘은 방 두 개짜리 단독주택 1층이 1억이 넘어가고 있어요. 그런데 방 세 개에, 지상에서 살려면 적어도 1억 4천은 있어야 구할 수 있습니다. 그런 돈은 있어요?"

"저희 시어머니 집 1층은 방이 세 개인데도 6천만 원에 살고 있는데요."

나는 머리를 극적 거리며 말했다.

"그분은 오래전에 들어와서 전세금을 안 올리고 사신 분이니까 가능한 일이죠?"

"그런가요?"

"참, 갑갑한 양반이네요. 세상 물정을 몰라도 너무 모르시고요. 지금 전세 물량이 씨가 말라서 전세대란이 생겼습니다. 그래서 매매가하고 전세가가 별 차이가 없을 정도에요."

"그럼 우리 어떻게 해요?"

"방법이 없는 건 아니에요."

"전세 금액을 조금 줄이고 월세로 돌리는 반전세도 인기에요. 또 전세대출 방법도 있습니다."

"반전세는 가기 싫고, 저희는 돈이 그렇게 많지 않은데……. 1억 안에서 해결해야 되거든요."

"전세대출 하면 됩니다. 최고 8천만 원까지 대출 가능합니다. 단 직장이 있고, 집주인이 허락해 줘야 가능하지만요. 대부분 집주인들이 직접적인 손해가 아니어서 도장 찍어 주는 경우가 많아요."

"혹시 전세대출을 받게 되면 계약자 명의는 두 명으로 할 수 있나요?"

"그건 안 되죠. 계약자가 대출을 받는 거니까요."

"큰일 났네. 그래도…… 방 세 개짜리로 좀 알아봐 주세요. 애들이 남매라서 그래요."

나는 주소와 연락처를 적어 주고 부동산 사무실을 나오면서도 인상이 펴지지 않았다. 전세 계약서에 시어머니하고 친정어머니가 공동명의로 올라가야 한다고 부동산에 미리 말해야 했지만 창피해서 차마 입이 떨어지지 않았다. 만약 정말 전세대출을 받아야 된다면 내가 지하 탈출하기란 쉽지 않을 듯싶었다. 나는 시

어머니의 완고한 태도를 어떻게 바꿀까 하는 생각에 고민이 이만
저만이 아니었다.

◉ ◎ ◎

　나는 몇 날 며칠 머리를 싸매고 생각했다. 그 사이 부동산에서
는 두 집이 매물로 나왔다며 보러 오라고 했다. 하지만 보러 가
지 않았다. 시어머니와의 근본적인 문제가 해결되지 않은 이상,
나로서는 1억이 훨씬 넘는 보증금을 감당하기 어려웠기 때문이
었다. 어떤 특별한 방법이 나와야 행동으로 옮길 수 있을 것 같
았다. 나는 고민 끝에 친정어머니의 도움을 한 번 더 받아 보기
로 했다. '쇠뿔도 단김에 빼라'는 말이 있듯이 이사 얘기 나왔을
때 해결하고 싶었다.
　"엄마, 부탁이 있는데…… 엄마가 시어머니한테 전화 좀 해 주
면 안 될까요?"
　"뭔 전화야?"
　"방 얻으면 내 명의로 해 주라고요……. 돈이 부족해서 전세대
출을 받아야 하는데, 내 이름이 안 들어가면 전세대출을 못 받
는데요. 우리 사는 방 빼고, 엄마가 주는 돈 합쳐도 요즘 시세로
는 어디에도 이사 못 간대요. 그런데 시어머니는 당신 명의로 계

약서를 꼭 써줘야 우리 사는 방을 빼준다고 하고 있어요."

나는 울먹이며 말했다.

"왜 울라 그라?"

"이런 제 처지가 너무도 슬프잖아요."

"울지 말고 느그 시애미 전화번호 찍어봐라. 그깟 간에 기별도 안 가는 몇천만 원 해 줄람시롬 징하다, 징해. 사원가, 지랄맞을 느그 시애미 아들인가가 우리 딸 고생시킨 세월만 생각하면 위자료 명분으로 몇억을 줘도 시원찮을 텐다……. 어쨌든 간에 문자로 시애미 핸드폰 번호 찍어라. 이따 해 넘어가는디 보고 전화 한번 해 볼 텐게."

나는 초조한 마음으로 긴 하루를 보냈다. 하지만 해가 지고 캄캄한 밤이 될 때까지 친정어머니에게는 전화가 오지 않았다. 나는 시간이 지날수록, 점점 더 불안감이 몰려왔다. 시어머니가 친정어머니의 부탁에 순응하고 따라 준다면 좋겠지만 만약 그렇지 않았다면 일은 더 꼬일 수도 있었다. 나는 후자에 답을 내렸다. 시어머니는 분명 친정어머니의 설득을 무시했을 가능성이 높았다. 나는 여태껏 시어머니의 고집을 꺾은 사람을 본 적이 없었다. 나는 퇴근 시간까지 기다렸다 매장을 나오면서 친정어머니에게 전화했다.

"시어머니에게 전화는 해…… 봤어요?"

나는 조심스럽게 물었다.

"…… 말도 말아! 니 시애미 설득하기 힘들겠다. 참말로 징하다야."

친정어머니는 딸의 전화를 기다렸다는 듯, 신호음이 가자마자 흥분한 상태로 말했다. 목소리가 떨렸다.

"왜요? 시어머니가 뭐라고 했는데요……?"

나는 침을 삼키며 물었다. 하지만 친정어머니는 딸의 물음에 대답하지 않았다. 더는 말하고 싶지 않은 듯했다. 나는 답답한 마음에 친정어머니를 계속 설득했다. 친정어머니는 그제야 시어머니와 통화한 내용을 말했다.

시어머니는 친정어머니가 전화하자, 처음에는 누군지 몰라 상냥한 목소리로 전화를 받았다고 했다. 친정어머니가 "나예요!" 하자 그제야 사돈 목소리라는 것을 알고는 먼저 선수 쳤다.

"며느리가 시킨 모양인데요, 아무리 그래도 그냥은 못 해 줘요. 전세 계약서에 내 이름 석 자가 들어가야 해 준다고요. 예전에 그것들한테 속은 것만 생각하면 지금도 치가 떨립니다. 내 피 같은 돈을 신혼집으로 얻어 줬더니 여섯 달 만에 없애고는 지하로 들어오고 싶다고 연락이 왔습디다. 이번에도 제대로 단도리 안 하면 석 달도 못 가서 날릴 게 뻔합니다."

"뭔, 설마 또 그란다우? 자식 낳고 사니께 이제는 안 그라제라우?"

"사돈도 그것들한테 힘들게 모은 돈 홀라당 뺏기고 싶지 않으면 생각 잘하세요."

옥박지르듯이 말하는 시어머니의 태도에 기분이 상한 친정어머니도 질세라 하고 싶은 말을 내뱉었다.

"사돈은 아까부터 자꾸 '그것들이, 그것들이' 하고 있는디요, 말이 나왔으니까 얘기지만 참 그 말, 거슬리요. 그 돈을 내 딸이 없앴소? 사돈 아들이 없앴지? 자식 교육 잘못시켜 놓고 어디서 금쪽같은 내 딸까지 싸잡아서 말하요? 내 딸이나 되니까 여태껏 망나니 같은 사돈 아들이랑 살았제, 다른 여자들 같았으면 벌써 도망갔어도 갔을 거요."

시어머니도 질세라 맞받아쳤다.

"누가 도망가지 말라고 했어요? 누가 억지로 붙어 사라고 싹싹 빌기를 했어요? 나는 분명히 첫애 낳기 전에 못 살겠으면 나가라고 했습니다. 그래도 안 나간 것이 사돈 딸인데⋯⋯ 이제 와서 난리예요. 그것도 제 타고난 업보고, 제 복이 거기밖에 안 되니까 그러고 사는 것입니다."

친정어머니는 칼처럼 날카로운 목소리로 쏘아붙이는 시어머니와는 이성적인 대화는 불가능하다고 생각하면서도 할 얘기를 하고 끊어야겠다는 생각에 또 대꾸했다.

"이런저런 지나간 일들은 그만 말씀하시고, 그 집에서 나와서 전세방 얻게 되면은 우리 딸 이름으로 해 줍시다. 우리 딸이 그동안 고생한 거 생각하면 사돈이 그러면 못 쓰요? 천벌 받지라우. 암, 그렇고 말고요."

"못 해줘요!"

시어머니는 친정어머니의 말이 끝나기가 무섭게 받아치고는
전화를 끊었다.

친정어머니는 그때부터 지금까지 손이 떨리고 가슴이 타는 듯
답답해서 아무것도 할 수가 없다고 했다.

친정어머니의 얘기를 다 들은 나는 화가 나서 어떻게 해야 할
지를 몰랐다. 시어머니에게 남았던 약간의 정마저 떨어지고 있었
다. 14년 동안 지하에 데리고 있었으면 이제는 놔 줄 때도 됐는
데 왜 저렇게 욕심을 부리는지 이해할 수가 없었다. 시어머니는
예전부터 입버릇처럼 했던 말이 있었다. '1층이 비면 꼭 올려 주
겠다고.' 14년이 흐르는 동안 네 집이 이사를 오고 갔다. 하지만
나는 아직도 지하에 살고 있었다.

나는 마음 같아서는 시어머니의 도움을 전혀 받지 않고 나오
고 싶은 마음이 굴뚝같았다. 하지만 지금으로써는 달리 방법이
없었다. 일단 이렇게든 저렇게든 최대한 알아보기로 했다.

"방 나온 거 두 집 있다면서요?"

나는 먼저 1억 2천에 나왔다는 곳을, 지인 언니와 같이 가 보
았다. 좁디좁은 골목을 한참 올라가서 모텔을 끼고 좀 더 올라

간 곳에 위치한 단독주택 꼭대기였다. 부동산 사장님이 방 보러 왔다며 몇 번이나 초인종을 눌러도 안에서는 감감무소식이었다. 10분쯤 지나서야 문이 열렸는데 허리가 반은 굽은 백발노인의 할머니가 나왔다. 귀도 잘 안 들리는지 부동산 사장님이 방 보여 줄 곳이 어디냐고 물어도 뜸을 들였다. 내가 옆에서 방 보러 왔다고 큰 소리로 말하자, 그제야 앞장서서 계단을 올랐다. 처음에는 2층쯤 되겠지? 하고 올라갔는데 4층까지 올라갔다. 그것도 증축한 곳이었다. 시멘트와 철재로 견고하게 지은 증축이 아니라 이동식 컨테이너처럼 지어 바람이 불면 날아갈 듯 위태위태해 보였다. 겨울이 되면 춥고, 여름에는 덥다는 말로만 듣던 그 증축 방을 나는 처음 보았다.

"그래도 내부는 깔끔하네요."

내가 말했다.

"그럼 넓고 좋아. 봐요, 깨끗하잖아요."

할머니는 일부러 정돈해 놓은 듯한 거실과 안방의 침대를 손짓하며 말했다.

"이 집은 돈이 돼도 계약하지 마!"

옆에 서 있던 지인 언니가 입을 벌리고 호응하고 있는 나의 어깨를 잡으며 귀에 대고 말했다.

"왜요? 높아서 그렇지, 집은 괜찮은데요."

"안돼! 내가 지금 증축 건물에 살고 있잖아. 겨울에 너무 추워. 그리고 여기는 아이들이 있는 가정은 살기가 좋은 구조나 조건이 아니야. 바로 밑에 모텔은 어떻게 할 건데……."

지인 언니는 나의 팔을 끌고 방을 나왔다. 나는 강제로 끌려 나오듯 따라 나왔다. 할머니가 뒤에서 방 좋은데 어딜 가냐고 소리쳤다. 부동산 아저씨가 좀 더 돌아보고 연락드리겠다고 안심을 시키는 소리가 들려왔다.

다른 한 곳의 방을 보기 위해 이동하고 있는데 부동산 사장님에게 한 통의 전화가 왔다. 한참 통화를 한 후 나에게 말했다.

"한 곳 남은 곳 거기 가지 말고, 방금 나온 집 한 번 가보죠? 거기는 2층인데 8천만 원에 나왔다고 다른 부동산에서 연락이 왔네요."

"우와! 빠르네요."

"매물 나오면 부동산끼리 서로 공유하잖아요. 그 정도 가격이면 거저먹는 겁니다. 요새 1억 밑으로는 방 두 개짜리도 못 얻는데 거기는 방이 3개라고 하네요. 주인이 서울에서 목회하느라 요즘 시세를 잘 모르는 것 같다고 그쪽 부동산에서 말하네요. 지금 사는 할머니는 7년째 살고 있는데 전세금 올려 달라니까 나간다고 한 모양이에요."

"한 번 가 봐요. 8천만 원 정도면 전세대출 안 받아도 될 것 같아요."

집을 방문하자 할머니가 강아지 세 마리가 문 앞에 나와 있었다. 거실은 엉망이었다. 작은 방은 가구 대신 화초들이 가득했고, 꽃이 활짝 피어 있었다. 안방은 장롱과 침대가 있었지만, 사람이 머문 기운이 전혀 없이 찬 기운이 돌았다. 오롯이 강아지들이 뒹구는 곳, 거실만 왕성한 기운이 감돌았다. 3인용 소파 밑에서 개들과 할머니가 생활하는 모양이었다. 천장에 형광등도 덜렁덜렁한 곳이 많았고, 주방에서는 쾌쾌한 냄새가 났고, 정리되지 않은 물건들이 여기저기에 흩어져 있었다. 그렇지만 나는 계약하기로 마음먹었다. 집은 누가 사느냐, 누가 관리하느냐에 따라 달라진다고 믿어서였다. 나는 사실 내가 사는 곳에서 너무 가까워 조금 불편하기는 했다. 오며 가며 시아버지와 시어머니를 마주칠 게 뻔했기 때문이었다. 하지만 8천만 원이라는 전세금이 나의 마음을 굳혔다.

"계약할게요. 할머니에게 그렇게 말해 주세요. 하지만 제가 사는 집도 빠져야 되니까, 시간은 조금 필요해요."

부동산 사무실로 돌아와 내가 말했다.

"할머니도 살 집을 얻었어요. 두 달 정도 여유가 있습니다."

"다행이네요. 우리 집도 나가야 하니까요. 그리고…… 할 얘기가 하나 있습니다."

나는 전세 계약서 명의 얘기를 지금 할까 말까 망설이다가 언제든 해야 할 말이어서 입을 뗐다.

"사장님, 전세 계약서 말이에요, 그…… 계약서에 제 이름 말고, 시어머니와 친정어머니 이름을 써야 해서요."

"…… 무슨 말씀인가요?"

"말 그대로예요. 전세금을 친정어머니와 시어머니가 반반씩 보태주시는데…… 조건이 계약서에 자신들의 명의가 들어가야 돈을 해 주신다고 해서요."

"허허, 참. 부동산 중개를 30년 넘게 하고 있는데 이런 계약조건은 또 처음이네요."

"죄송해요. 저도 깔끔하게 제 명의로 하고 싶지만……. 시어머니는 저를 믿지 못하고, 친정어머니는 그런 시어머니가 얄밉고 속상해서 그러시는 듯싶어요."

나는 창피하기도 하고, 민망하기도 해서 부동산 사장님의 얼굴을 쳐다보기가 힘들었다.

"가능은 하지요. 요새는 부부 공동명의로도 많이들 하니까요. 원래는 매매할 때나 공동명의를 하지, 전세 계약에는 이런 경우가 드물죠. 또 이 집처럼 사돈끼리 공동명의 한다고 나서는 건 처음 보고요."

"저도 기가 막혀서 말이 안 나올 지경이에요. 그래도 어떻게 합니까? 저는 지금 사는 집을 떠나고 싶고, 돈 해 주는 두 어머니는 완고하게 고집을 피우시는데요."

"그러니까, 잘 좀 보이지 그러셨어요."

부동산 사장님이 피식 웃으며 말했다.

"제가 밉보인 것도 있지만 두 분 다 무언으로 돈 해 주는 조건이 있어요. 친정어머니는 남동생 결혼할 때까지 데리고 사는 조건이고, 시어머니는 남편하고 이혼하지 않는 조건일 거예요. 마음 같아서는 다 내려놓고 혼자 홀가분하게 떠나고 싶은데, 질긴 인연들이 저를 붙들고 늘어지네요. 제가 갚아야 할 업보가 많이 센가 봐요."

"저도 사모님 사연을 들으니 마음이 씁쓸합니다. 집을 사 주는 것도 아니고, 전세자금 얼마씩 보태 주면서 온갖 생색은 다 내시나 보네요. 어쨌든 간에 그 부분에 대해서는 염려 마세요. 제가 집주인과 잘 말하겠습니다."

부동산 사장님은 의자에서 일어나며 말했다. 나는 우리 집도 최대한 빨리 빠지게 해 달라고 한 번 더 부탁하고는 지인 언니와 부동산 사무실을 나왔다.

다음 날 아침, 나는 시어머니에게 찾아가서 이사할 집을 구했다고 말했다.

하지만 시어머니는 좋은 기분으로 받아주지 않았다.

"생각보다 빨리 구했다. 요새 전세금이 비싸서 매물이 잘 안 나온다고 하던데……."

시어머니의 말투에서 찬기가 묻어났다.

"네, 맞아요. 돌아보니 허름한 집인데도 정말 비쌌어요. 그래도 하느님이 저를 도와주시는지 1억 미만으로 나온 집이 어떻게 나왔네요. 조건도 좋고, 두 달 정도 여유도 있고 해요."

"일단, 알았다."

시어머니는 나의 눈을 피하며 말했다.

⊙ ◎ ◎

그날 이후부터 시어머니의 이상한 행동은 시작되었다. 당신이 일하는 곳에, 대문짝만하게 '방 3개, 전세금 3천만 원, 월세 가능'이라고 써 붙여 놓고 오는 사람 가는 사람에게 흥정하고 있었다. 나는 계약하기로 한 집이 8천만 원인데 전세 금액을 터무니없이 적게 붙여 놓은 시어머니의 속셈을 알고 싶었다.

"부동산에는 5천만 원에 내놨는데 여기에다 3천만 원을 적어 놓으시면 어떻게 해요? 친정엄마도 4천만 원 보태주신다고 했는데요. 나머지 차액은 어머님이 해 주실 거예요?"

"내가 돈이 어디 있냐?"

"그러면 더 이렇게 적어 놓으시면 안 되죠."

"요새 사람들은 돈이 없어도 지하에서는 안 살라고 한다. 그런데 두 달 안에 이 방이 나가겠어?"

"그건 걱정하지 마세요. 부동산 사장님이 우리 집은 깨끗하게 사용해서 집 보러 오는 사람만 있으면 5천만 원에는 바로 계약 가능하다고 했어요."

"내 얘기는 방이 언제 빠질 줄 알고, 살 집부터 구해 놨느냐 이거야?"

"저는 돈이 없으니까요, 전세대출도 못 받으니까요. 그러니 더는 방해하지 말아 주세요."

"······."

시어머니는 입만 삐죽거릴 뿐 어떤 말도 하지 않았다.

5천만 원에 내놨던 집이 3천 8백만 원에 계약하겠다는 사람이
나타났다. 혼자 사는 60대 아저씨였다. 반지하에서 3천만 원에
10년 넘게 살았는데 주인이 바뀌면서 어쩔 수 없이 방을 구하게
됐다고 했다. 혼자 살아서 방이 세 개가 필요 없는데 집이 깨끗
하고 좋아서, 계약하고 싶다는 것이었다. 나는 잘됐다 싶었다.
금액은 적어졌지만, 그 금액은 보험 대출을 받아서라도 충당할
수 있을 것 같았다. 나는 시어머니에게 말씀드렸다.

"남자 혼자 산다고?"

"네, 어머니. 자식들은 다 커서 나가 살고, 부인은 오래전에 돌
아가셨다고 했어요. 가끔 여동생과 딸이 와서 음식을 만들어 주
곤 하나 봐요."

"혼자 사는 홀애비는 안 된다. 또 얼마나 아줌마들을 데리고
와서 술잔치를 버릴지 모르는 일이야."

시어머니는 정색하며 말했다.

나는 이팔청춘 활기 왕성한 청년도 아니고, 다 늙은 할아버지
가 얼마나 여자를 데리고 오겠느냐고 말했다. 하지만 시어머니
의 생각은 달랐다. 처음에는 그러지 않겠지만 한 번이 두 번 되
고, 두 번에 세 번 돼서 들락날락거리다가 결국에는 살림을 차릴
것이라고 했다. 나는 이해 불가여서 말이 안 나왔다. 남자가 혼

자 사는데 외로워서 그럴 수도 있지 않느냐고 반박하고 싶었으나 참았다. 시어머니는 아이들이 있는 점잖은 가족이 들어와 알콩달콩 10년 이상을 살았으면 한다고 했다. 하지만 계단을 여덟 칸이나 내려가는 캄캄한 지하에서 아이들을 키우려는 부모가 몇이나 될까? 집을 지을 때도 지하를 없애고 주차장을 만드는 것이 의무가 되는 세상이었다. 그럼에도 불구하고 그런 말이 입에서 술술 나오니 나는 기가 막힐 뿐이었다. 나는 한숨을 크게 한번 쉬고는 부동산 사장님에게 전화했다.

"어머님이 혼자 사는 아저씨는 싫다고 하시네요."

"내가 아는 사람인데, 사람 참 좋아요. 어머니 좀 바꿔줘 봐요."

내가 시어머니 귀에 핸드폰을 대려고 하자 시어머니는 고개를 절레절레 흔들었다.

"그냥 계약해라. 방 구해 놨는데 똥, 오줌 가릴 때냐? 하루라도 빨리 빼서 돈 만들어야지."

시어머니는 포기했다는 듯 먼 산을 쳐다보며 고개를 돌리고 말했다.

나는 부동산 사장님에게 계약날짜 잡으시라고 말하고는 전화를 끊었다.

계약은 양쪽 다 일사분란하게 이루어졌다. 이사 갈 집에는 계약금 10%를 주고 계약했다. 계약자는 예정대로 친정어머니와 시어머니의 이름을 올렸다. 이사 올 집에는 계약금을 백만 원만 받고 계약을 했다. 원래 10%를 받아야 했지만, 주인집에서 이사

가는 날, 돈을 주겠다고 해서 못 만들었다고 했다. 나는 기분 좋게 받아들이고 시아버지 도장을 찍었다.

◉ ◎ ◎

"한양부동산입니다. 그 노인네가 이사를 안 들어오겠다고 하네요."

모든 것을 다 훌훌 털어버리고 이사 갈 날짜만 손꼽아 기다리고 있는데 부동산 사장님에게 온 전화였다.

"아무리 생각해도 방 세 개까지는 필요하지 않을 것 같아서 취소한다는 겁니다. 또 집주인이 당장 나가라고 하는 건 아니니까 좀 더 기다렸다 방 두 개짜리나 한 개짜리로 다시 구해 보겠다고……."

"…… 어쩔 수 없죠."

나는 말문이 막혀 한참을 말없이 있다가 대답했다.

"그리고, 그 있잖아요…… 계약금, 그것도 돌려주셔야 되겠어요."

"계약금은 안 돌려줘도 되잖아요? 본인의 단순 변심인데요."

"불쌍한 사람이에요. 그 돈도 동생한테 빌려서 준 거래요. 눈 딱 감고 그냥 주자고요. 사모님 좋은 사람이잖아요."

"이래저래 환장하겠네요. 또, 어머님에게 뭐라고 말씀드려야 될지 모르겠어요."

"처자 집은 걱정하지 마셔. 내가 주인한테 두 달 동안 방 안 나가면 먼저 5천만 원 주고, 나갈 때까지 월세로 15만 원 주겠다고 말해 놨어요. 길어도 한두 달 안에 빠져요."

이사 날짜가 20일 앞으로 다가올 때까지 지하 집은 나가지 않고 있었다. 방을 보러 오는 사람도 없었다. 아니 한 명 있었다. 하지만 인상을 잔뜩 찌푸리며 도망가듯 가버렸다. 집 안은 좋은데 창문 앞에 쌓여 있는 폐지 더미 때문이었다. 그러잖아도 지하여서 빛 보기가 힘든데 작은 창문마저도 폐지 더미에 막혀 있다는 게 이유였다.

집 앞에 폐지 더미가 쌓이기 시작한 지는 한 달 정도 됐다. 시어머니가 공터에 쌓아 놨던 잡동사니 고물들을 시아버지가 집 앞으로 옮겨 온 것이었다. 그렇게 폐지가 점점 쌓이기 시작할 때쯤 나는 시아버지에게 말했다. 방이 빠질 때까지만이라도 폐지로 창문을 막지 마시라고. 하지만 날이 갈수록 고물은 더 쌓여만 갔다. 종이박스부터 시작한 고물은 병, 깡통, 망가진 전자제품 등 종류도 다양해졌다. 조금만 더 쌓으면 1층 창문까지 가릴 정도로 쌓여갔다. 더는 두고 볼 수가 없다고 판단했을 때 나는 시어머니에게 달려갔다.

"어머니, 도대체 아버님이랑 저에게 왜 그러시는 거예요? 다른 자식들은 군말 없이 잘 내보내시고, 왜 저한테만 모질게 구시면서 방해를 놓으세요?"

나는 몇 년 전에 사업한다고 다 말아먹고 갈 곳 없었던 큰아들에게 전세자금을 마련해 줬던 일, 작은아들 아파트 사 줬던 일들을 떠올리며 말했다.

"그게 무슨 소리냐?"

"지금 아버님이 하시는 행동을 보시란 말이에요. 집 앞에다 저렇게 폐지를 쌓으시면 방이 나가겠어요. 전세금을 마련해 주실 거면 몰라도…… 그렇지 않다면 적어도 방이 빠질 때까지라도 폐지를 쌓아 두시면 안 되잖아요. 여태껏 안 그러시다가 왜 지금 와서 저러시는지 모르겠어요. 아무래도 저희 이사 못 나가게 하려고 방해하시는 듯해서 그래요."

"일요일까지 쌓아 놨으면 월요일에는 바로 가져다 팔면 될 것을…… 네 시아버지가 게을러터져서 그런 거다."

"어머니께서 아버님에게 말씀 좀 해 주세요. 방 보러 왔다가 폐지 더미 보고 그냥 가잖아요."

나는 나쁜 며느리 된 김에 말을 더 이었다. 어쩔 수 없었다. 계약금을 8백만 원이나 줬는데 이러다가 계약금 날리고 이사도 못 갈 것 같았기 때문이다.

"……"

시어머니는 말이 없었다.

"부탁드려요, 어머니. 아버님에게 용돈 필요하시면 제가 다달이 십만 원씩 드린다고 하세요. 그리고 저희가 이사 가더라도 제발, 절대 창문은 가리지 말라고 전해주시고요. 지하 사는 사람들은 빛 한 줄기에 울고 웃는다는 사실을 알아주셨으면 해요."

◉◎◎

이사 가기로 한 날짜가 코앞으로 다가오고 있었다. 그동안 두 명이 방을 보고 갔지만, 역시 계약은 성사되지 않았다. 요즘은 아무리 돈이 없어도 지하에는 살고 싶지 않다는 사람들이 많아져서 그렇다고 부동산 사장님은 말했다. 이사 갈 집 주인이 두 달을 더 주긴 했어도 착잡한 마음은 어쩔 수 없었다. 이사 가는 날까지 방이 안 나간다면……. 생각만 해도 끔찍했다.

마음이 급해진 나는 몇 년째 들고 있던 연금보험과 종신보험을 깨고, 실비보험에서 약관대출을 받아서라도 일단 8천만 원을 만들어야겠다는 생각을 했다. 친정어머니에게는 4천만 원만 받기로 했지만 천만 원을 더 해 달라고 하고, 나머지 이사비용은 카드를 긁어서라도 충당하는 계획을 머릿속으로 그렸다. 그렇지 않고서는 단 한순간도 다리를 펴고 잠을 잘 수가 없어서였다.

머릿속에만 생각하고 있던 계획을 실행에 옮기기 하루 전날 시어머니가 나를 불렀다.

"내가 보험 대출을 받으려고 했는데 안 돼서 적금을 깨야겠다."

시어머니는 뜬금없는 말을 하고 다시 말을 이었다.

"조금만 더 참고 살면 1층으로 올려 주려고 했는데…… 네가 일을 만들어 놔서 일이 다 꼬이게 된 거다. 도배도 그렇다. 보통 전세 들어갈 때 도배는 주인집 쪽에서 해 주는 것이 관례인데 네가 한다고 했다면서? 네가 그렇게 돈이 많냐?"

"그, 그건 부동산 사장님이 하도 전세를 싸게 주는 것이라고 해서 당연히 제가 해야 하는 줄 알고 그랬어요."

"어쨌든 나는 자식도 없고, 기댈 곳도 없고, 내 옆에는 아무도 없다. 네가 나를 이렇게 배신할 줄은 꿈에도 몰랐다. 나는 너를 얼마나 딸처럼 생각했는지 아니? 그래서 내가 안 먹고, 안 쓰고 모아서 너 백만 원씩 찔러 주곤 했던 건데…… 은혜도 모르는구나."

나는 시어머니 말에 비위가 상했다. 나를 딸처럼 생각했다면 햇빛도 제대로 들어오지 않는 저 깊은 지하에서 14년을 살게 하고, '1층 나가면 올려 줄게'를 밥 먹듯이 했단 말인가? 당신 입으로 했던 말, 망나니처럼 돌아다니는 아들 때문에 어쩌다 한 번씩 찔러주던 돈 몇 푼을…… 그렇게 생색낼 일인가? 싫었다. 젖도 떼지 않은 아이들을 어린이집 종일반에 맡겨 놓고 이제까지 일하면서 살아온 나는…… 당신 아들 사고 뒤치다꺼리만 하고 산 나는, 그럼 뭐란 말인가?

"어머니, 걱정하지 마세요. 저 어머니 돈 안 써도 이사 갈 수 있습니다."

"네 주제에 무슨 돈이 있다고 그러냐?"

시어머니는 코웃음을 치며 말했다.

"어머니 저 무시하지 마세요. 제가 직장을 다니기 때문에 충분히 3천만 원 정도는 만들 수 있습니다. 전화 세 통화면 지금 당장 가능합니다. 그래서 그렇게 하겠습니다."

"잔소리 말고, 저녁때까지 기다려라."

"……"

나는 바람에 스치듯 짧게 대답하고 집으로 돌아왔다.

집에 도착하자마자 한숨을 돌리기 위해 냉수를 한 컵 마셨다. 그리고는 계획대로 보험회사 세 곳에 차례대로 전화했다. 두 곳은 보험을 해약하고, 한 곳은 약관대출을 신청했다. 약관대출을 신청한 지 10분도 안 걸려 통장에 3천만 원이 입금됐다. 신기했다. 이렇게 쉽게 돈이 생길 줄 알았으면 진작에 할 걸 그랬다 싶었다. 나는 통장에 입금된 돈을 다시 한번 확인한 후 당당하게 시어머니에게 전화했다.

"어머니, 이사 갈 돈 해결됐습니다. 이제 저희 살던 지하는 어머니가 월세를 받든, 전세로 놓든, 비워 놓든…… 알아서 하시면 될 거 같아요."

"내가 저녁때까지 기다리라고 했지!"

"돈 안 주셔도……"

시어머니는 내 얘기가 끝나기도 전에 전화를 끊었다.

그리고 20분 후에 다시 전화가 왔다. 집 밑에 있는 우리은행 앞으로 나오라는 전화였다. 나는 일단 내려갔다. 멀리서 시어머니가 돈 봉투를 들고 서 있었다.

"자, 5천만 원."

시어머니는 나를 보자마자 돈 봉투를 건넸다.

"어머님, 제가 말씀드렸잖아요, 필요한 돈 마련했다고요."

나는 손에 쥐어진 봉투를 다시 시어머니 손으로 들이밀며 말했다.

"찾은 돈이니 일단 받아라! 전세 계약서나 내 이름 들어가게 잘 쓰고."

나는 손사래를 연거푸 치며 안 받으려 했지만, 시어머니는 완강하게 거부했다.

"어머님이 정 그러시다면, 4천만 원만 받겠습니다. 친정어머니하고 반반 나눠서 해 주기로 하셨으니 천만 원은 돌려 드릴게요."

나는 봉투를 벌려 천만 원짜리 수표 하나를 꺼내며 말했다.

"시끄럽다. 천만 원은 저금해 놨다가 아이들 대학 갈 때 등록금으로 써라!"

"……."

나는 시어머니 말에 더는 저항하지 않았다. 어차피 잠깐 빌린 것이나 다름없는 돈이니만큼 전세금으로 묶어놨다가 다시 돌려드리면 되는 일이었다.

○ ◎ ◎

　드디어 이사하는 날이 코앞으로 다가왔다. 내일이면 긴 세월 동안 한 줄기 빛을 갈구하며 살던 지하에서 벗어 나는 날이었다.

　나는 혼자서 콧노래를 부르며 짐을 싸고 있다. 아이들도 신이 나는지 하루 종일 동요를 흥얼거리며 왔다 갔다 하고 있다.
　포장 이사를 신청해 놔서 특별히 할 일은 없었지만, 귀중품이나 작은 소지품은 따로 정리를 해야 했고, 창문마다 달린 암막 커튼도 떼야 했고, 청소도 좀 미리 해놔야 해서 바쁘게 움직였다. 그때 시어머니에게 전화가 왔다.
　"네, 어머니."
　"우리 인연 끊자. 이제 지겹다. 그러니까 앞으로 집에도 찾아오지 마라."
　시어머니는 많이 흥분한 목소리로 말했다.
　"갑자기 왜 그러시는데요?"
　"너는 니 애미가 준 돈만 돈이고 내가 준 돈은 돈도 아니냐? 하기야, 애미나 딸이나 그 애미에 그 딸이지……."
　시어머니는 본인 할 말만 하고 전화를 끊었다.
　나는 시어머니의 심한 말에 머리를 망치로 한 대 맞은 기분이었다. 아직 정신을 차리기도 전에 또 전화가 벨이 울렸다. 큰아주버님이었다.

"우리 엄마 가슴에 못 박고, 이사 가니까 좋으세요?"

"무, 무슨 말씀이세요, 아주버님……."

"제수씨가 우리 엄마한테 이사 간다고 돈 달라고 협박했다면서요? 제수씨가 우리 엄마한테 돈 맡겨 놨어요? 참, 어이가 없네. 그리고 또 제수씨 친정엄마까지 동원해서 우리 엄마 가슴에 못 박았다면서요? 인간관계 중에 제일 어렵다는 사돈한테 전화해서 자식 잘못 키운 사람이 무슨 할 말이 있느냐고 핀잔 주고 했다면서요? 그게 사돈한테 할 말이에요?"

"……."

나는 입에 접착제를 붙인 것처럼 말문이 막혀버렸다. 눈물이 핑 돌았다. 앞으로 반나절 남은 이사 가는 날이 10년은 남은 것처럼 더디게 느껴졌다. 어서어서 해가 지고, 저녁이 오고, 아침이 왔으면 좋겠다는 생각밖에 들지 않았다.

아침 9시 10분 전, 드디어 이삿짐센터에서 왔다. 남자 세 분, 여자 한 분이 4톤 트럭에서 내리더니 이삿짐을 일사분란하게 정리해서 차에 싣기 시작했다. 오래된 그릇과 옷가지, 책들이 플라스틱 박스에 마구잡이로 담겨 밖으로 나갔다.

14년을 산 세월 덕에 물건이 하나씩 밖으로 나갈 때마다 묵은 먼지들이 뿌옇게 흩날렸다. 짐을 옮기던 아저씨들이 참다못해 마스크를 썼다. 이러다가 기도가 막혀 죽겠다고 했다. 나는 미안한 마음에 애들에게 이온 음료수를 몇 병 사 오라고 했다.

아저씨들이 음료수를 마시는 동안 나는 집 안으로 들어갔다. 아직 짐이 덜 빠지기는 했지만 군데군데 비어 있는 곳을 들여다보았다. 나는 물건이 반쯤 비어 있는 내 방에서 발걸음을 멈췄다. 이곳에서 나는 틈날 때마다 책을 읽고, 글을 썼다. 잡동사니 물건들로 가득 찼던 창고 방에서 작은 상 한 개를 가져다 놓고 나는 미래를 꿈꿨다. 이제 정말 꿈꿨던 미래에 한 발짝 다가서는 기분이다.

방을 삥 둘러보고 뒤돌아 나오려는데 문짝 귀퉁이에 켜켜이 쌓여 있는 먼지가 눈에 들어왔다. 나는 발걸음을 옮겨 먼지가 쌓여 있는 곳에 쪼그리고 앉았다. 먼지는 둥글게 뭉쳐 솜사탕이 되어 있었다. 나는 솜사탕이 된 먼지를 두 손으로 들어 올렸다. 비둘기색보다 더 짙은 스모그 색이 된 먼지들이 내 손가락을 뒤덮었다. 나는 먼지 뭉치를 향해 '후' 불었다. 그리고 속삭였다.

'고생했다. 그동안 어두컴컴한 지하에서 사느라고……. 이제는

밝은 곳으로 가서 마음껏 하늘을 날아라!'

먼지들은 이때만 기다렸다는 듯 붕 뜨더니, 순식간에 공기와 섞여 사라졌다.

비둘기 날다

헉, 새끼 비둘기가 보이지 않는다. 좀 전까지만 해도 분명 내 시야에 있었는데 감쪽같이 사라졌다. 오거리 신호등을 샅샅이 둘러보아도 새끼 비둘기 모습은 찾을 수가 없다. 이번에는 진짜 날아갔나 싶어 비둘기 무리가 아지트로 삼고 항상 앉아 있는 건너편 빌딩 꼭대기를 올려다보았다. 하지만 확인할 수가 없었다. 거리가 워낙 먼 데다 둥지에서 나온 지 한 달도 안 된 새끼 비둘기여서 알아볼 수가 없었다. 족히 30마리는 앉아 있는 저 무리 속에서 새끼 비둘기를 구분해 내기란 쉽지 않은 일이었다. 그나마 하얀 깃털을 가졌기에 안경까지 쓰고 쳐다보았지만, 아무리 쳐다봐도 그놈이 그놈 같았다.

진짜 어디로 갔을까? 귀신이 곡할 노릇이었다. 새끼 비둘기가 횡단보도를 건너는 모습을 보면서 화장실을 갔다 왔는데 이럴 수가 있나 싶었다. 눈 뜨고 코 베인다는 말은 이럴 때 쓰는 것일까? 화장실에 앉아 있는 시간도 10분 안팎이었다. 잠깐 그사이에 내 레이더망을 벗어났다는 것이 믿기지가 않았다. 불과 이틀

전만 해도, 30분 가까이 오거리를 돌다가, 다시 사무실 앞에 와 있었던 새끼 비둘기였다.

정말 새끼 비둘기가 날마다 꿈꾸던 자유 비행이 기정사실이라면, 훨훨 날아 어미가 있는 무리 속으로 합류한 것이라면 더할 나위 없이 바라던 상황이지만, 새끼 비둘기의 날개는 아직 자유자재로 비행할 수 있는 상태는 아니었다.

횡단보도를 건너다 차에 치였다면 예전에 내가 수습했던 그 비둘기 사체처럼 도로 한가운데에서 피범벅이 되어 쓰러져 있어야 했다. 그것도 아니라면 고양이가 물고 갔거나, 까마귀가 낚아채 갔다면 그럴듯한 상상이었다. 하지만 10분 전 상황이라면 까마귀도 없었고, 고양이도 없었다. 거기다 새끼 비둘기는 다른 비둘기들과 함께 녹색 신호를 건너고 있었기에 더욱더 천적의 습격과는 거리가 멀었다.

나는 한숨을 쉬며 사무실에 들어와 뒷짐을 지고 왔다 갔다 했다. 한참을 정신없이 서성이는데 문득 떠오르는 것이 있었다. 출입문 밖에 설치된 CCTV 영상이었다. 나는 새끼 비둘기를 내보낸 시간을 지정하고 영상 확인에 들어갔다. 영상을 켜 보니, 새끼 비둘기는 노래방 근처에 있다가 내가 화장실 간 사이에 다른 비둘기들과 함께 횡단보도를 건넜고, 채소가게 앞에서 무엇인가를 열심히 주워 먹고 있었다. 그러다가 강아지가 지나가자, 같이 있던 비둘기들이 동시에 날아갔다. 날지 못하는 새끼 비둘기만 혼자 남아 도로변을 배회하고 있었다. 그때 신호에 걸린 버스가 건너편에서 일어나는 4분을 가로막았다. 제일 중요한 시점인데도 건너편을 볼 수 없으니 답답하기만 했다. 애타는 마음을 가라앉히고 버스가 지나가기만을 숨죽여 기다렸다. 그러나 버스는 움직일 기미를 보이지 않았다. 4분이 4시간 같았다.

드디어 신호를 받은 버스가 지나갔다. 나는 화면 안으로 들어갈 기세로 바짝 붙어 영상을 확인했다. 하지만 새끼 비둘기는 보이지 않았다. 그때 신호등 앞에 서 있는 여러 사람 중 눈에 들어오는 사람은 있었다. 교복을 입은 여학생 두 명이었다. 그들은 서로 마주 보고 서서 손으로 무언가를 만지작거리며 대화하는 듯했다. 그들의 손에 들려 있는 것이 무엇인지를 확인하기 위해 여러 번에 걸쳐 영상을 돌려봤지만, 새끼 비둘기는 없었다. 도대체 어디로 간 것일까? 짧다면 짧은 4분 사이에, 영상에서 감쪽같이 사라진 이 상황을 누가 이해할 수 있을까 싶었다. 아무리 생각해 봐도 불가사의한 미스테리가 아닐 수 없었다. 나는 아쉬움을 뒤로한 채 CCTV 영상을 끄고 사무실을 나왔다. 동네라도 한 바퀴 돌아보고 싶었다. 기다렸다는 듯 골목 어디선가 툭 튀어나올 수도 있으니까……

　온 동네를 다 돌고, 공원까지 샅샅이 뒤졌는데도 새끼 비둘기
는 찾아볼 수 없었다. 나는 망연자실한 채로 습관처럼 건너편
빌딩 꼭대기를 쳐다보았다. 그때 어디선가 파닥거리는 소리가 났
다. 주위를 살펴보니 그 소리는 노래방 쪽에서 들려오고 있었다.
나는 가까이 다가가서 노래방 간판이 붙은 곳을 올려보았다. 아
니나 다를까 비둘기 두 마리가 철조망에 갇혀 파닥거리고 있었
다. 가만히 보니 새끼 비둘기를 애타게 찾으며 사무실 앞을 서성
이던 부부 비둘기가 틀림없어 보였다. 그곳은 새끼 비둘기가 태
어난 곳이기도 했다. 부부 비둘기는 노래방에서 10년 전에 설치
했던 광고용 텔레비전 뒤에 둥지를 틀고 새끼를 부화시켰다. 거
기서 밤을 보낸 뒤 한순간에 갇힌 모양이었다. 지금 시간까지 저
러고 있는 것을 보니 적어도 반나절은 물도 못 마시고 갇혀 있는
것이 분명해 보였다.

　저 철조망은 어제 퇴근할 때까지만 해도 분명히 없었는데 어젯
밤에 노래방 주인이 설치한 모양이었다. 텔레비전 두 대를 사이
에 두고 사방을 철조망으로 감싸서 못을 박아 놓았다. 며칠 전
노래방 사장이 했던 말이 떠올랐다. 비둘기가 자꾸 똥을 싸서 노
래방 출입구가 비둘기 똥 천지로 변했다며 스트레스가 이만저만
이 아니라는 말이었다. 내친김에 아예 봉해버린 모양이었다.

비둘기 부부는 온 힘을 다해 철조망을 벗어나려고 애를 쓰고 있었다. 그러나 제아무리 발버둥을 쳐 봤자, 단단하게 못 박아 놓은 철조망을 뚫고 나오기는 힘들어 보였다. 나는 금방이라도 숨이 넘어갈 듯한 소리를 내며 파닥거리고 있는 부부 비둘기의 모습이 너무도 안쓰러워 견딜 수가 없었다. 한 마리는 파닥거리는 속도가 점점 줄어들고 있었다. 더는 보고만 있을 수가 없었다. 당장 사무실에 가서 긴 회전의자를 가지고 나와 철조망을 강제로 뜯어냈다. 못을 단단히 박아 놔서 잘 뜯어지지 않았지만 있는 힘껏 잡아당겼다. 그래도 못이 빠지지는 않았지만 약간의 틈이 생기길래 날개를 편 채 철조망에 납작하게 눌려있는 비둘기 한 마리를 손을 넣고 잡아당겼다. 하지만 비둘기는 따라 나올 생각을 하지 않았다. 텔레비전 사이 작은 공간에 끼어 있는 배우자 비둘기만 주시하고 있었다. 이러다 둘 다 죽겠다 싶어진 나는 철조망을 좀 더 벌려 겁에 질려 나오지 못하고 있는 비둘기의 날개를 잡고 잡아당겼다. 날개가 다치면 안 되었지만 지금 이런저런 것을 따질 때가 아니었다. 다행히 상처 하나 없이 내 손에 이끌려 나왔다. 철조망을 빠져나온 비둘기 한 마리가 순식간에 하늘로 날아오르자 배우자 비둘기도 뒤쫓아 날아갔다. 함께 하늘을 날아오르는 부부 비둘기를 보면서 어깨가 으쓱해졌다. 골든타임을 놓치지 않아서 얼마나 다행인지 모른다는 생각밖에 들지 않았다. 나는 안도의 한숨을 쉬며 억지로 벌려 놓은 철조망을 원상 복구 시켜 놓고 의자에서 내려왔다.

회전의자를 들고 사무실로 들어가기 전에 나는 새끼 비둘기가 나타날 것 같은 곳을 다시 한번 둘러보았다. 하얀 물체가 휙 지나가거나 하는 움직임이 보이면 더 유심히 쳐다보았다. 그러나 새끼 비둘기는 아니었다. 하얀색 강아지이거나 하얀색 비닐봉지가 굴러다니는 것이었다. 그러다 내 시선은 건너편 채소가게 앞에서 멈췄다. 그곳에는 한 무리의 비둘기가 땅에 떨어진 무엇인가를 열심히 주워 먹고 있었다. 그사이에 하얀 깃털의 새끼 비둘기가 홍일점처럼 끼어 있었다. 나는 "찾았다!" 외쳤다. 그때 등 뒤에서 여자 목소리가 들려왔다.

"혼자 뭐라고 중얼거리는 거야?"

포차 사장님이었다.

"네?"

"혼자 멍하니 서서 뭐 하고 있냐고?"

"저기, 저기에 비둘기 떼 보이시죠? 그 속에 하얀색 비둘기도 보이시죠?"

"뭐래니?"

"안 보이세요?"

"오늘 뭐 잘못 먹었어? 채소가게 사장님만 왔다 갔다 하는구만."

"아닌데……."

나는 정신을 차리고 채소가게를 똑바로 봤다. 정말, 아무것도 없었다. 비둘기는커녕 참새 새끼 한 마리도 보이지 않았다. 나는 어이가 없어서 웃음이 나왔다.

"정신 챙기고 가서 일이나 열심히 해. 그 비둘기가 살아있으면 그것도 지 복이고, 죽었다면 그것도 지 운명이야. 더한 사람도 죽고 사는데 비둘기 새끼 한 마리 때문에 정신 줄까지 놓지 말라고."

포차 사장님은 내 어깨를 두드리며 말하고는 자신의 가게로 들어갔다. 하지만 포차 사장님 말을 수용할 수 없었다. 언젠가 꼭 내 앞에 나타날 것만 같았고, 기필코 찾아야 할 것만 같았다. 그렇게 희망을 가지면서도 한숨이 계속 나왔다. 기약 없는 막연한 기다림이기도 했지만, 그동안 비둘기들에게 일어난 여러 사건 사고를 생각하면 그 모든 일들이 나로 인해 발생한 것만 같아서였다. 처음 의도한 바는 순수했지만, 결과는 처참했다.

처음 내 시야에서 비둘기가 보이기 시작한 때는 작년 늦가을 무렵이었다.

아직 서리가 내리기 전이었지만, 코끝을 스치는 바람이 제법 차갑게 느껴지던 어느 날이었다. 버스정류장 주변에 비둘기가 나타났다. 한두 마리로 시작한 비둘기 수는 시간이 갈수록 점점 늘어갔다. 많이 모여들 때는 열댓 마리까지 모였다. 큰 공원에서나 볼 수 있었던 그런 광경이 내 눈앞에서 펼쳐지니 한편으로 신기하고 재미있었지만, 또 한편으로는 매우 걱정스러웠다. 위험천만한 도로 한가운데부터 차도, 인도 할 것 없이 아무 곳이나 내려앉아 자꾸 무엇인가를 쪼아먹고 있어서였다. 사무실 안 유리창 너머로 쳐다본 바깥은 특별한 것은 없었다. 하지만 비둘기 떼는 하루에도 몇 번씩 버스정류장 앞에 나타났다 사라지기를 반복하고 있었다. 나는 작정하고 사무실을 나와 도롯가 주변을 살펴보았다. 대충 봤을 때는 아무것도 없었지만 머리가 땅에 닿을만큼 푹 숙이고 찬찬히 살펴보니 정말 뭔가가 있었다. 좁쌀만큼 작은 싸라기 쌀이 여기저기 흩뿌려져 있었다.

'누굴까? 이곳에 쌀을 뿌리고 다니는 사람이……?' 나의 궁금증이 해소되는 데는 그리 오래 걸리지 않았다. 고개를 갸우뚱거리며 사무실로 들어가려던 차에 수상한 행동을 하는 중년의 아줌마가 포착되었다. 아줌마는 오른손을 호주머니에 넣은 채로 도롯가 주변을 서성거리며 싸라기 쌀을 뿌리고 있었다. 비둘기 무리는 이때만 기다렸다는 듯 어디선가 나타나 아줌마 주변에 몰려들었다. 현장을 목격한 나는 이때다 싶어 아줌마에게 따지려 했다. '아줌마, 지금 뭐 하는 짓이에요? 차 왔다 갔다 하는 거 안 보이세요? 그러다 비둘기가 차에 깔려 죽기라도 하면 아줌마가 책임지실 거예요?!' 하지만 말하지 못했다. 그리고 그날부터 나도 아줌마를 따라 했다. 그때까지만 해도 내 어리석은 행동이 비둘기에게 그렇게 큰 사고로 이어질 거라고는 전혀 예상치 못했다.

◉ ◎ ◎

가을이 지나고 겨울 문턱에 들어서자, 나는 겨울 동안 굶주림에 허덕일 비둘기만을 생각했다. 그래서 쌀을 사재기했다. 온라인으로도 주문하고, 기초수급자에게 주는 정부미도 암암리에 돈을 주고 사서 사무실 창고에 차곡차곡 쟁였다. 그러던 어느 날, 70대 중반으로 보이는 노파가 사무실을 찾아왔다. 프레임이 고급스럽게 장식된 안경을 쓰고 점잖고 묵직하게 걸어 오는 모습이 예사롭지 않아 보였다. 나는 마른침을 꿀꺽 삼키며 맞이했다.

"집 보시게요? 사모님."

노파는 내 말에 아무런 대꾸도 하지 않고 사무실 안을 두리번거렸다.

"사모님, 여기는 저와 사모님만 있어요."

나는 제스처를 취하듯 손등으로 입을 가리며 웃었다. 그때야 노파는 조용히 입을 열었다.

"저…… 여기 사장님이 비둘기 밥을 주는 것 같던데……."

"비, 비둘기 밥이요? 비둘기가 요새 이쪽에 많이 돌아다니기는 해요. 몇몇 사람들이 자꾸 쌀을 뿌리는 것 같더라고요."

나는 노파의 뜬금없는 말에 당황스러워 시치미를 뗐다.

"에이, 내가 시장 보러 왔다 갔다 하면서 보니까, 비둘기가 떼로 사장님 뒤만 졸졸 따라다니던데 뭘 그래?"

"네? 아, 아니에요. 비둘기들이 저를 왜 따라다녀요?"

나는 기겁하듯 말했다.

"비둘기들은 자기들한테 먹이 주는 사람을 너무나도 잘 알고 있어요. 물론 싫어하는 사람도 구분하고……. 아무튼, 그래서 전봇대 위나 건물 꼭대기에 앉아 있다가, 먹이 주는 사람이 나타나면 동료에게 신호해서 다 같이 내려오는 거야."

"쉿! 이제는 절대로 비둘기에게 먹이 안 줄 테니까요, 이번 한 번만 눈감아 주세요."

나는 이제까지 행적을 노파에게 다 들킨 것만 같아 체면 불구하고 노파의 손을 꼭 잡으며 말했다.

사실은 지금 상황이 비둘기 먹이를 줄 때가 아니었다. 주던 것도 거둬야 할 판국이었다. 올 초부터 공공장소에 비둘기를 포함한 유해 야생동물에게 먹이를 주다 걸리면 과태료를 부과한다는 개정안이 발휘되어서였다. 과태료는 한 번 걸리면 20만 원, 두 번 걸리면 50만 원, 세 번 걸리면 100만 원으로 책정되었다.

명분은 비둘기 개체 수 조절이 목적이라지만 정부에서 비둘기를 굶겨 죽이겠다는 심보로밖에 해석되지 않았다. 이러나저러나 비둘기가 너무 많아져 도시 환경에 문제가 되는 것은 기정사실이긴 했다. 그래도 나는 안타까운 마음뿐이었다. 비둘기는 아주 오래전부터 전 세계적으로 평화의 상징으로 여겨져 왔다. 유명한 일화 중 1949년 피카소가 그린 그림이 있다. 피카소는 공산당에 게 그림을 부탁받고 평화의 상징으로 올리브 잎을 문 하얀 비둘 기를 그려 주었다. 우리나라에서도 88올림픽 개막식을 위해 3,000 마리를 수입해 평화의 상징을 외치며 방사했다. 그 이후에 도 2000년 초까지 굵직굵직한 행사가 있을 때마다 수천 마리를 사육해 방사했다. 그리고 정작 평화가 온 뒤에는 유해 동물로 지 정하여 제거 대상 1순위가 되었다.

"사장님! 사장님은 내가 그 정도밖에 안 보여?"

노파는 내 손을 뿌리치며 소리쳤다.

"아니, 저는…… 그게 아니라요……."

나는 노파의 힘 들어간 목소리에 덜컥 겁이 났다. 요새, 경제 돌아가는 꼴이 말이 아니어서 단 한 푼이라도 아껴야 했다. 대통 령이 바뀌면 경제가 풀린다며 현직 대통령을 내란죄 등, 여러 죄 목을 내세워 탄핵하고 다시 뽑아 놓은 경제 대통령이 국정을 운 영하는 데도 경기는 좀처럼 좋아질 기미가 보이지 않고 있어서 였다. 거기다 부동산 담보 대출은 규제하고, 부동산 대신 주식 사라고 독려하더니 코스피 지수가 3,200을 돌파하고는 있었지만 정작 소상공인들에게 필요한 수익은 바닥을 치고 있었다. 시국 돌아가는 꼴이 이러니 여기저기서 곡소리가 나지 않는 것만으로 도 기적이었다. 곧 시행될 '민생안정지원금'이나 들어오면 숨통이 좀 트일 수도 있겠지만, 지금 상황에서 비둘기 밥 주다 걸려 과태

료까지 문다는 것은 내 생활에 치명타였다. 노파가 신고라도 해서 20만 원 날아가면 이번 달에 내야 될 사무실 월세를 못 낼 수도 있었다.

"사실, 내가 여기 온 거는 사장님한테 쌀 10kg짜리 한 포대 갖다 주려고 왔어."

"네?"

"나도 비둘기 너무 좋아하거든. 그것들 생긴 것 좀 봐봐. 다른 새들은 다들 인위적인 모양새를 하고 있지만, 비둘기는 얼마나 청아하고 순수하게 생겼어. 나는 군더더기 없는 천사 같은 실루엣을 가진 비둘기를 보고 있으면, 천국에 온 기분까지 든다니까……. 그것도 알고 있지? 비둘기는 한번 부부로 인연을 맺으면 죽을 때까지 같이 간다는 거. 정말 사람보다 낫지 않니?"

"개정안 때문에 이제 대놓고 먹이 주기는 힘들어요."

노파의 의중을 알고 나자, 긴장이 풀린 나는 씩씩하게 말했다.

"개정안이고, 뭐고 그것도 그렇잖아. 필요할 때는 막 데려다가 써먹어 놓고, 필요 없어지니까 이제는 씨를 말리려고 하는 것 좀 보라고. 애네들이 군집 생활을 하고, 귀소본능이 있어서 다루기가 쉽기는 했지. 아무튼, 나는 동물을 천대하고, 사람만 생각하는 세상이 되면 안 된다고 생각해. 저렇게 선하고 순수하게 생긴 새를 어디 가면 볼 수 있을까? 나는 멸종까지 될까 봐 걱정까지 하고 있네."

"알았어요. 그러면 가지고 오세요. 제가 몰래, 몰래 줘 볼게요.

저 위에 주차장 쪽에는 놀이터 숲에도 한 30마리쯤 앉아 있더라고요.”

“그래, 그래. 생각 잘했어. 내가 며칠 내로 구르마에 싣고 올게.”

노파는 기분이 좋은 듯 입가에 웃음기를 잔뜩 머금고 사무실을 나갔다.

든든한 지원군도 생기고, 생각지도 않았던 비둘기 모이까지 넉넉해지자, 재미가 붙은 나는 날마다 해가 저물기만을 기다렸다, 여기저기를 돌아다니며 쌀을 마구 뿌렸다. 가로수 밑, 버스정류장 앞, 신호등, 차도 근처 가리지 않고 비둘기가 출몰하는 곳이라면 어디든 가서 쌀을 뿌리고 왔다.

하지만 기분 좋게 쌀을 뿌리는 날은 그리 오래가지 못했다. 언제부턴가 비둘기가 한 마리씩 죽어 나가기 시작해서였다. 차에 부딪혀 죽기도 하고, 고양이에게 깃털만 남은 채 난도질당하기도 하고, 까마귀 먹이가 되기도 했다. 그중 내 마음을 더 아프게 했던 죽음은, 차에 치여 피범벅이 된 채 죽어가는 모습을 직접 본 사고들이었다.

대부분의 비둘기는 겁이 없었다. 차도인지 인도인지 구분하지 않고 자유롭게 날다가 찻길을 닭처럼, 오리처럼 뒤뚱뒤뚱 걸어서 건너다녔다. 마치 신호등 색깔을 구분하기라도 한다는 듯 사람들이 건널 때마다 함께 건너는 모습도 자주 눈에 띄었다. 하지만 위험천만한 상황은 늘 있었고, 불안함은 현실로 나타났다. 최근 두 달 사이에 차 사고로 죽은 비둘기만 네 마리나 됐다.

내가 처음 차 사고로 죽은 비둘기를 목격한 날은 두 달 전 일요일 오후였다. 주일 예배를 드리고 사무실에 볼일이 있어서 오는 길었다. 사무실에 거의 도착할 때쯤 도로 한복판에 피투성이가 되어 있는 비둘기를 보았다. 나는 그 광경을 보자마자 순간적으로 반사신경이 발동했다. 곧장 도로에 뛰어들어 날개가 한일자로 펼쳐진 채 쓰러져 있는 비둘기를 들어 올렸다. 아직 온기가 느껴졌다. 손가락 사이로 피가 흘러내렸다. 나는 손가락에 묻은 피를 옷깃으로 닦으며 천천히 인도를 향해 걸었다. 그때 뒤에서 남자 목소리가 우렁차게 들려왔다.

깜짝 놀라 뒤를 돌아보자, 택시 한 대가 멈춰 서서 창문 너머로 욕설을 퍼붓고 있었다.

"이 아줌마가 미쳤나? 빨간 신호 안 보여요?"

"죄, 죄송합니다."

"정신 차려요! 그러다가 아줌마가 먼저 죽어!"

택시 기사는 기어이 한마디를 더하고는 내 옆을 지나갔다.

택시 기사의 악담에 잠깐 기분이 나빴지만 나는 이내 정신을 차리고 인도로 나왔다. 피범벅이 된 비둘기를 들고 서성이는 내 모습을 본 사람들이 나를 피해 갔다. 안 되겠다 싶어진 나는 일단 전봇대 옆에 세워진 지역 생활정보지를 한 부 빼서 비둘기를 돌돌 말아 소각용 쓰레기봉투에 넣어 사무실 옆에 두었다. 주위에 넓은 들과 산이 있었다면 어렸을 때처럼 땅에 묻어 주고 싶었으나 건물만 빼곡히 들어서 있는 도심 속에서는 묻어 줄 곳이 없었다.

차 사고가 있던 그날부터 비둘기의 죽음은 계속되었다. 그중 두 건은 형체를 알아볼 수 없을 만큼 납작이가 된 채 아스팔트 위에 붙어 있었고, 나머지의 죽음 내가 직접 목격한 사고 현장이었다.

따뜻한 봄 햇살에 세상을 다 가진 것처럼 기분 좋은 마음으로 나는, 사무실 밖에서 화초에 물을 주고 있었다. 버스정류장 앞에는 버스를 기다리는 사람들로 꽉 차 있었다. 낯이 익은 사람도 몇몇이 눈에 띄었지만, 알은 채 하지 않고 화초만 바라보고 있었다. 그때 버스 한 대가 정차했고, 동시에 '퍽' 하는 소리가 들려왔다. 순식간에 비둘기 한 마리가 버스 창문에 머리를 부딪치고 도로로 떨어지는 소리였다. 놀란 사람들이 어찌할 바를 몰라 우왕좌왕했다. 하지만 아무도 길바닥에 떨어진 비둘기에게 달려드는 사람은 없었다. 동사무소에 연락하는 사람은 있었다. 나는 이번만큼은 절대 나서지 않으리라 다짐하며 참고 있었다. 하지만 사고를 낸 버스는 나 몰라라 지나가고 버스 뒤를 연이어 따르는 차들이 지나갈 때마다 나는 가슴이 콩닥콩닥 뛰었다. 이러다가 저번처럼 납작이가 된 채 형체를 알아볼 수 없는 상황이 되겠다 싶었다. 도로와 한 몸이 되면 사채를 거둘 수도 없었다. 다행히 아직은 차들이 잘 피해 가고 있었다.

더는 지켜보기 힘들어진 나는 사무실에서 신문을 가지고 나와 비둘기가 있는 곳으로 향했다. 그때 젊은 남자가 내 팔목을 잡았다.

"저희가 처리하겠습니다."

"공무원이세요?"

내가 물었다.

"네, 저 위 동사무소 김민석 주무관입니다. 민원 처리를 위해 쏜살같이 뛰어왔습니다."

"그런데 손엔 아무것도 없네요."

"아, 현장을 확인했으니 다시 동사무소로 돌아가서 동물 사체 처리에 필요한 도구를 가지고 곧 오겠습니다."

곧 온다던 공무원은 10분이 지나도록 오지 않고 있었다. 공무원 기다리다 내 심장이 터져버릴 것만 같았다. 나는 신문을 들고 도로에 뛰어가 머리가 깨진 채 축 늘어져 있는 비둘기를 들고 나왔다. 그제야 공무원이 나타나 소리치듯 말했다. 좀 전에 봤던 젊은 공무원과 또 한 명의 청년이 인도에 서 있었다. 그들은 각각 양손에 고무장갑을 끼고, 긴 집게와 헝겊으로 된 쓰레기봉투를 들고 있었다. 언뜻 보기에도 완전, 무장한 상태였다.

"저희가 처리하겠습니다."

"곧 오신다면서요? 참, 빨리도 오셨습니다."

나는 어처구니가 없어서 웃었다.

"허허."

공무원도 자신의 행동이 웃기는지 뒷머리를 긁적거렸다.

"봉투나 벌리세요."

"고생하셨어요. 저희 일인데……."

공무원은 봉투를 벌리며 기어들어 가는 목소리로 말했다.

"주무관님 오는 거 기다리다 숨이 넘어갈 것 같았어요. 아직 살아 있을지도 모르는 비둘기를 차들이 마구마구 밟고 지나갈까 무서웠어요."

"죄송합니다. 처리 도구를 찾아 다시 오는 시간이 좀 걸렸습니다."

"주무관님, 저는 그렇게 생각해요. 비둘기가 차에 치였다는 민원이 들어왔다면 수습할 준비까지 미리 해 와야 한다고 생각해요."

"현장을 먼저 파악…… 한 후에 대책을 마련하는 것이 일의 순서여서요."

"그게 말이에요, 막걸리예요? 한두 번도 아니고 최근에 있었던 두 건의 사고 현장에도 안 나타났잖아요. 비둘기가 차에 치이고 또 치이고, 바퀴에 깔려서 더는 수습이 불가능한 상태가 될 때까지, 아스팔트와 한 몸이 될 때까지 나타나지 않았잖아요. 일부로 그런 것처럼요."

"무, 무슨 말씀을 그렇게 하세요? 저희는 동 주민을 위해서라면 공무 수행을 목숨처럼 생각하는 공무원입니다."

"동물을 사람이라고 생각해 보세요. 사람이 차에 치여서 도로에 쓰러져 있는데 다른 차가 와서 또 뭉개고 뭉개서 뇌수가 터지고, 몸이 갈기갈기 찢어져서 형체를 알아볼 수 없는 상태가 된다고 생각해 보세요. 사람을 한 번 죽이는 것이 아니라 여러 번 죽이는 것이라고 생각해 보세요. 차 바퀴에 난도질당한다고 생각해 보세요!"

"어떻게 사람을 이깟 골칫덩어리 비둘기 따위와 비교하고 그러세요?"

"제가 좀 극단적인 비유를 하기는 했지만, 사람과 동물이 목숨에서만큼은 크게 다를 바 없다고 생각합니다."

나는 하고 싶은 말을 좀 더 한 후 사무실로 들어와 한참을 서성였다. 도로 위의 핏자국이 머릿속에서 계속 맴돌아서였다. 안 되겠다 싶어진 나는 출입문을 살짝 열어 밖을 살폈다. 밖에는 버스를 기다리는 사람이 한두 명밖에 없었다. 공무원 둘은 저만치 동사무소 쪽을 향해 가고 있었다. 나는 잠시 출입문을 닫고 공무원의 뒷모습이 보이지 않을 때까지 기다렸다, 대야에 물을 담아 도로에 물을 뿌리기 시작했다. 물을 뿌릴 때마다 핏자국은 핏

물이 되어 도로 아래로 흘러갔다. 피가 물이 되어 흘러갈 때마다 나는 다짐 했다. 더는 차도 근처에 쌀을 뿌리지 않겠다고. 그리고 그동안 나의 어리석었던 행동 모두가 핏물과 함께 씻겨 내려가기를 바랐다.

◉ ◎ ◎

그렇게 3개월이 흘렀고, 아직까지는 도로에서 비둘기가 죽는 일은 발생하지 않고 있었다. 그 사이에 옆 건물 노래방 간판 뒤에서 비둘기가 알을 낳았고, 거기서 부화해 세상 밖으로 나온 지 얼마 안 된 비둘기가 지금 사라진 새끼 비둘기였다.

11일 전 날개를 다쳐 날지도 못하고 노래방 근처를 서성이던 새끼 비둘기를 나는 사무실로 데려왔다. 그 모습을 보고 있던 부모 비둘기가 밖에서 정신없이 서성거렸지만, 나는 눈을 질끈 감고 종이박스에 담아 데려왔다. 그렇게 시작된 새끼 비둘기와 동거는 11일간 계속되었다.

처음에는 아무것도 먹지 않고 경계만 했던 새끼 비둘기는 금세 사무실 생활에 적응하기 시작했다. 쌀알도 잘 먹었고, 다친 날개도 점점 좋아져 갔다. 사람에게 바르는 연고를 조금씩 발라 주었더니 효과가 있었다.

동거한 지, 일주일이 됐을 때 새끼 비둘기의 마음은 밖을 향했다. 틈만 나면 종이박스에서 나와 사무실 안을 돌아다녔다. 도망다니는 새끼 비둘기를 간신히 붙잡아 종이박스에 넣으려 하면 새끼 비둘기는 한쪽 날개를 펴서 내 손등을 툭툭 쳤다. 힘이 상당히 들어가 있었다. 나도 질세라, '네가 나를 쳤어?' 하며 머리 부분을 툭툭 건들면 연거푸 날개를 펴서 방어했다. 그러나 여전히 날지 못했다.

나는 새끼 비둘기가 자꾸 종이박스에서 나오는 것을 막기 위해 우산을 펴서 종이박스 위에 얹어 놓고 보았다. 퇴근할 때는 긴 쟁반 두 개를 양옆에 세워 놓고 퇴근했다. 종이박스보다 쟁반이 더 길어서 밖으로 나오지 못할 거라고 생각해서였다. 하지만 다음날 출근하면 여지없이 새끼 비둘기는 종이박스에서 빠져나와 소파 밑에 앉아 있었다.

소파가 길고 넓어서 한 번 소파 밑으로 들어가면 빼내기가 여간 힘든 게 아니었다. 효자손과 빗자루를 동원해 간신히 꺼내곤 했다. 그렇게 두세 번을 실랑이하고 나니 이제 정말 부모 품으로 보내줘야겠다는 생각이 굳어졌다. 나는 마음을 단단히 먹고 노래방 근처에 내다 놓았다. 그때 비둘기 한 쌍이 기다렸다는 듯 어디선가 내려와 새끼 비둘기 옆으로 다가갔다. 그리고 따라 하라는 듯 훨훨 날아올랐다. 하지만 새끼 비둘기는 부모를 따라 날 수가 없었다.

부모를 따라 날지는 못했지만, 걷는 데는 선수가 되어 있었다. 눈 깜짝할 사이에 횡단보도를 건넜다. 내가 쫓아갈 새도 없이 또 다른 쪽 횡단보도를 건너고, 또 건너고 하더니 얼마 지나지 않아 제자리인 사무실 앞에 와서 앉았다. 나는 입이 떡 벌어졌다. 정말 똑똑한 비둘기가 아닐 수 없었다. 아무리 부모 유전자를 가지고 태어났다고는 하지만 둥지에서 나온 지 한 달도 안 된 새끼 비둘기가 걸어서 4개의 횡단보도를 다 건너는 모습을 보니 입이 쩍 벌어질 만큼 신기했다.

나는 새끼 비둘기가 사무실 앞에서 얌전히 쉬고 있는 틈을 타, 잽싸게 붙잡아 다시 종이박스 안에 넣었다. 시원하게 날지를 못하니 아직 방사할 때가 아니라고 생각해서였다. 하지만 콧구멍에 바람이 들어간 새끼 비둘기는 그게 아니었다. 그 전보다 더 자주 종이박스를 빠져나와 밖으로 나가려고 했다. 여전히 한쪽 날개는 처진 채로……

먹이를 먹다가 어디에 부딪혔는지, 다른 비둘기가 부리로 날개를 쪼았는지 날개에 힘은 세졌지만, 오른쪽 날개 가운데 뼈가 툭 튀어나와 있어 아직도 대칭을 이루지 못하고 있었다. 나는 하루라도 빨리 야생으로 돌려보내기 위해 노력했다. 틈날 때마다 높은 옷걸이 위에 새끼 비둘기를 올려놓고 날아오르는 연습을 시켰다. 그리고 오늘 내보냈던 것이다. 날 것 같기도 하고, 못날 것 같기도 한 마음이 반반이었지만, 계속 사무실에서 데리고 있을

수는 없었다. 밖에서 애타게 기다리는 부모 비둘기도 눈에 밟혔
지만, 나가고 싶어 안달이 난 새끼 비둘기를 계속 가둬 놓을 수
는 없었다. 나는 반신반의하는 마음으로 내보냈다. 그리고 내보
낸 지 10분 만에 내 시야에서 감쪽같이 사라진 것이었다.

나는 500리터짜리 컵에 냉수를 가득 담아 마시고 다시 CCTV
앞에 앉았다. 내가 놓친 부분이 분명히 있을 것이라는 생각이 들
었기 때문이었다. 조금 전에 영상을 확인할 때는 마음이 급해서
뒤로 가기, 앞으로 가기를 32배 속도까지 눌러가며 봤었다. 이번
에는 차분하게 2배 속도로 놓고 돌려 보기로 했다.

영상을 두 번이나 반복해서 돌려 보는 대도 여전히 아무것도
찾아내지 못하고 있었다. 그렇게 시간이 지나고 지루함이 서서
히 밀려올 때쯤 영상에 잡히는 것이 하나 있었다. 버스가 CCTV
를 막기 전 영상이었다. 건너편 채소가게를 들어가는 사람들에
게 초점을 맞추고 자세히 보고 있는데, 그중 한 아줌마가 내 눈
에 들어왔다. 숏커트에 보글보글 파마머리를 하고 녹색 반팔 티
셔츠를 입은 키가 제법 큰 아줌마였다. 아줌마는 채소가게를 들

어갔다 나와서, 바로 옆에 있는 핸드폰 가게 출입문 계단에 앉아 신호가 떨어지기를 기다리는 듯했다. 그러다가 무엇인가 발견한 듯 도롯가 쪽을 뚫어지게 쳐다보고 있었다. 나는 거기서부터 속도를 '0'으로 놓고 영상을 보았다. 아줌마가 보고 있는 방향을 따라가 보니 새끼 비둘기가 정말로 도롯가를 걷고 있었다. 무더운 여름에 날지도 못하고 걷다가 주저앉고 있었다. 나는 영상 속 새끼 비둘기를 보며 눈물이 뚝뚝 떨어졌다. 저러다가 탈수로 기절하겠다 싶어 마음이 너무 아팠다. 나 때문에, 저렇게 됐나 싶어 죄책감이 밀려와 눈물이 마구 쏟아졌다. 눈물이 앞을 가려 영상을 제대로 볼 수가 없어지자, 영상을 잠시 정지해 놓고 눈물 닦은 후 다시 영상을 돌렸다. 주저앉아 있던 새끼 비둘기는 다시 일어나 채소가게 있는 쪽으로 방향을 잡고 걸어가고 있었다. 아줌마는 계속 새끼 비둘기가 이동하는 동선을 따라 고개를 돌리고 있었다. 그때, 버스가 CCTV를 가렸다. 그리고 4분이 흐른 뒤 버스는 지나갔고, 신호가 떨어지기를 기다리던 사람들이 횡단보도를 건넜다. 그 사이에 녹색 반팔 티셔츠를 입은 아줌마가 끼어 있었고, 양손에 새끼 비둘기가 들려 있었다. 횡단보도를 다 건넌 아줌마는 사무실 반대쪽으로 걸어갔다. 그곳은 주택가가 밀집되어 있는 곳이었다. 그 전 영상을 확인할 때는 여학생 둘의 이동만 따라갔지, 녹색 반팔 티셔츠를 입은 아줌마는 전혀 생각하지 못했는데, 다시 보니 아줌마가 새끼 비둘기를 안고 가고 있었던 것이다. 나는 그제야 닭똥 같은 눈물을 흘리며 펑펑 소리 내어 울었다. 안도의 눈물인지, 미안함의 눈물인지, 걱정의 눈물인지는 알 수가 없었다. 그냥 눈물이 쏟아졌다. 부디 아줌마가 자유롭게 하늘 높이 비행할 때까지 보살펴 주기를 바랄 뿐이었다. 나는 그렇게 될 것이라고 굳게 믿고 싶었다. 날고 싶어 안달이 났던 네가 꼭 날아서 수명이 다할 때까지 살게 해 달라는 기도를 하며 영상을 껐다.

졸혼

(2024『계간 문장21』가을겨울호)

지금 무도회장 안은 열기로 가득 차 있다. 여러 쌍의 남녀가 서로 부둥켜안고 춤을 추고 있다. 그 틈에는 나와 파트너도 끼어 있다.

◉ ◎ ◎

나는 춤을 출 때 세상에서 가장 행복했다. 어떠한 저항도 없이 하늘을 나는 독수리처럼 신명 나게 춤을 추고 나면 나는 비로소 살아 있음을 느꼈다.

이건 비밀이지만 내 나이 곧 70세다. 하지만 춤추는 일만큼은 누구 못지않게 자신 있었다. 그뿐 아니라 몇 달 전에 받은 건강검진에서는 근육 나이가 55세로 나왔다. 그래서 나는 내가 늙지 않는 비결을 춤 때문이라고 명명했다. 정말로 나는 무도회장만

가면 20년은 젊어지는 기분이니까 틀린 말은 아니었다. 이유야 어찌 됐든 나는 아직 쓸만한 사내임이 분명했다.

"아, 참! 사뿐사뿐, 이렇게 추라니까."

"이렇게요?"

"아니, 이렇게 하지 말고…… 몸을 스스로 지탱하면서 각도를 유지하면서 이렇게 추라구. 나한테 힘을 다 싣지 말고!"

"이렇게?"

"아니!"

나는 내 목소리가 점점 높아지는 것이 느껴져, 심호흡을 길게 한 번 쉬었다.

"못 해요! 힘들어서 더는 못 하겠어요!"

파트너가 팔에 힘을 빼며 말했다.

"알았어, 알았어! 그냥 하던 대로 해요. 나한테 기대요, 기대."

나는 멈춰 서 있는, 파트너의 손을 끌어당기며 말했다.

"다음번에는 제대로 출게요."

파트너는 그때야 입꼬리를 올리며 내 어깨에 몸을 실었다.

땀을 뻘뻘 흘리며 파트너 손을 잡아 준 지 얼마쯤 지났을까? 음악 소리가 멈췄다. 나는 기다렸다는 듯 파트너의 허리에서 손을 떼고 스테이지에서 내려왔다.

"오늘도 즐거웠어요."

파트너가 뒤따라오며 말했다. 얼굴에는 만족스러움이 가득했다.

나는 대답 대신 웃음으로 때웠지만 힘든 표정은 감출 수 없었다.

파트너와 나는 춤 파트너가 된 지 5년이 넘었다. 하지만 춤 실력은 예전과 달라진 것이 하나도 없었다. 달라진 것이 있다면 뚱뚱한 몸이 더 뚱뚱해졌다는 것뿐이었다. 말 그대로 뚱보아줌마였다. 그래서 늘 댄스복 가장자리가 터지려고 했다.

뚱보아줌마는 집에 있는 아내 한 명이면 족하다 싶었는데 이상하게도 나는 만나는 여자마다 모두 뚱뚱하고 가슴도 컸다. 도대체 왜 나는 뚱뚱하고 가슴이 큰 여자만 만나게 되는 건지…… 알 수가 없었다. 타고난 성향은 어쩔 수 없나 싶다가도 속상할 때가 있었다.

'다음번에는 제대로 출게요.'

좀 전에 파트너가 한 말은 당연히 지키지 않을 말이었다. 파트너는 멋있는 춤사위 따윈 관심 없었다. 오직 춤으로 집에서 가지고 온 스트레스를 풀고 가는 것만이 목적이었다. 그럼에도 불구하고 나는 파트너가 좋았다. 아내보다 백 배, 천 배 좋았다. 파트너는 나를 만날 때마다 항상 웃어주고, 상처받은 내 마음을 헤아려 주었다. 더 중요한 것은 아내에게서 해결하지 못하는 깊숙한 부분까지 해결해 주고 있었다. 이제 무도회장을 나가면 다음 코스가 기다리고 있었다. 우리는 늘 그랬듯이 1시간여 동안 춤을 추고, 점심을 먹고 호텔로 향했다. 벌써 설레었다.

사실 나는 아내와 졸혼을 생각하고 있었다. 한참 됐다. 아내가 폐경과 갱년기가 겹치는 시기부터였으니까 10년은 족히 넘은 것 같다. 아내는 그 무렵부터 나를 멀리하기 시작했다. 나를 머슴처럼 부려 먹는 행동은 변함이 없었지만, 내가 자신에게 가까이 오는 것을 극도로 싫어했다. 그렇게 점점 나에게 거리를 두기 시작하던 어느 날, 아내는 어디선가 어른 키만 한 베개를 가져와 침대 가운데 놓으며 말했다.

"앞으로 여기 넘어오지 마쇼!"

"……."

아내 말이라면 죽는시늉까지 했던 나였기에, 나는 아무 말도 하지 못하고 아내 말을 따랐다. 나는 잠잘 때마다 베개를 넘어가지 않으려 안 간 힘을 썼다. 그렇게나 신경을 썼는데도 딱 한 번 내 다리가 베개를 넘어간 적이 있었다. 아내는 자신의 배 위에 걸쳐 있는 내 다리의 무게를 느끼는 순간 나를 확 밀었다. 아무리 그래도 그렇지 30년을 한 이불 덮고 자면서 자식도 둘이나 낳아 기른 부부지간이었다. 나는 그런 아내가 너무나 섭섭했다. 나는 아내의 황당한 행동에 소름이 돋았지만, 언제나 그랬듯 몸을 둥글게 구부리며 벽 쪽으로 돌았다. 나는 그날 이후부터 단한 번도 아내가 만들어 놓은 선을 넘어가지 않았다.

'그냥 내친김에 진짜 졸혼하고 이 여자랑 살까?'

나는 내 옆에 누워 있는 파트너를 바라보며 혼자 말로 중얼거렸다.

파트너 또한 오래전부터 각방을 쓰는 남편이 집에 있었다. 남편은 무늬만 조경업 사장이었지, 제대로 된 생활비를 벌어다 준 적이 없다고 했다. 이날 이때까지 파트너가 번 돈으로 자식들 키우고 살았다고 했다. 이런저런 생각만 하면 하루에도 열두 번은 더 그만 살고 싶은 마음이 올라왔지만, 그동안 버티고 산 세월 때문에, 아직 결혼 전인 자식들 때문에, 사람들 눈초리 때문에 무늬만 부부로 살고 있다고 했다.

"우리 도망갈까?"

내가 속삭이듯 물었다.

"……."

파트너는 아무 말 없이 나를 쳐다봤다.

"겁내기는……. 나도 그냥 해 본 소리야."

우리는 어쩌다, 한 번씩 졸혼에 대해 심각하게 이야기를 나눌 때가 있었지만, 서로 약속이라도 한 듯 호텔에서 나오면 언제 그랬냐는 듯 각자의 일상으로 돌아갔다.

'종신보험은 있어야지. 돌아갈 곳.'

내 마음이 그렇듯 파트너의 마음도 그러할 것이었다.

◉ ◎ ◎

　배가 아프다. 윗배가 아프다. 똥이 마려웠다면 아랫배가 아픈
게 정상이었다. 이제는 구토까지 나오려 한다. 체했나? 저녁으로
된장찌개를 먹었고, 밑반찬도 체할만한 음식은 없었다. 나는 변
기에 머리를 박고 구토가 나오기를 기다렸다. 하지만 목구멍에서
는 아무것도 나오지 않았다. 헛구역질만 연거푸 했더니 빨개진
공막 위로 쌩 눈물만 가득 고였다.

　"이리 와 보쇼! 손 따게."

　아내가 화장실 문 앞에 꼿꼿이 서서 말했다.

　"체한 것이 아닌 것 같은데……."

　내가 힘없이 말했다.

　"하기사, 된장찌개 먹고 체했다는 사람은 아직 못 본 것 같긴 하네."

　아내가 핀잔 섞인 어투로 말했다.

　"아침에 일어나면 괜찮아지겠지."

　나는 걱정은커녕 핀잔만 늘어놓는 아내가 야속하기만 했다.

　밤새도록 오한과 발열에 시달린 나는 해가 뜨자마자 가까운
병원으로 갔다. 다행히 대기 환자가 없었다.

　"어디가 안 좋으세요?"

　의사가 물었다.

"윗배도 아프고, 속이 메스꺼워요. 열도 나고, 으쓱으쓱 춥고요. 감기 몸살 같기도 한데 윗배가 기분 나쁘게 아픈 이유를 모르겠어요."

"어제 뭐 드셨나요?"

"된장찌개 먹었습니다."

의사는 고개를 갸우뚱거리며 손으로 아픈 부위를 꾹꾹 눌렀다. 의사가 손가락으로 배를 누를 때마다 통증이 왔다.

"아파요, 선생님."

내 말을 들은 의사는 소견서를 작성하며 큰 병원 가서 검사를 받아 보라고 했다. 내가 죽을병 걸린 것 같냐고 물으니 감기는 아닌 것 같다고 했다. 상복부가 아픈 이유는 여러 가지가 있어서 단정 지을 수는 없지만 간 쪽에 문제가 있는 듯하다고 했다. 나는 의사 말을 듣는 순간 숨이 턱 막혔다. 아버지도 간암으로 돌아가셨기 때문이었다. 마음이 급해진 나는 소견서를 받자마자 바로 대학병원으로 갔다. 마음만 급했지, 접수한 지 두 시간이 지나서야 진료실에 들어갈 수 있었다.

담당 의사는 동네병원에서 써 준 소견서를 보면서 이것저것 질문을 했고, 검사를 몇 가지 해 봐야 정확한 변명을 알 수 있다고 했다. 고열의 원인을 찾기 위해 혈액배양 검사, 상복부 통증의 원인을 알기 위해 복부 초음파 검사와 CT 촬영을 진행하였다.

나는 담담하게 검사에 임했다. 두 번에 걸쳐 피를 뽑을 때는 몸의 모든 기운이 다 빠져나가는 것 같았지만, 살 수만 있다면 더한 것도 참을 수 있었다. 나는 건강하게 오래 살고 싶은 사람 중 한 명이었다. 그러기 위해서 평소에도 몸에 좋다는 건강기능식품은 빠트리지 않고 챙겨 먹고 있었다. 특히나 다단계 제품을 좋아했다. 그중에서도 독일 P 사의 해독주스와 미국 A사의 종합비타민을 제일 좋아했다. 아내는 다단계 제품을 즐기는 나를 늘 못마땅하게 생각했다. 명색이 젊었을 때 의약품 도매업을 했다는 사람이, 다단계 제품이나 먹는다고 핀잔을 주곤 했다. 약국에 들어가는 의약품은 화학약품이 섞여 있어 몸에 좋을 리가 없다는 것을, 누구보다 잘 알고 있는 사람이 나였다. 아무튼, 나는 아내 몰래 잘 먹고 있었다. 절대 집으로 가지고 가지 않았다. 차 트렁크에 넣어 놓고 일하면서 먹고 있었다.

나는 아내가 저승사자보다 무서운 존재였다. 아내는 내가 저항할 수 없는 절대자처럼 느껴졌다. 사실 내 신세가 결혼 초부터 이렇진 않았다. 레스토랑 사업에 실패하고, 의약품 도매업도 실패하고, 택시를 몰게 되면서부터 나의 머슴살이는 시작되었다. 나는 그 무렵 자신감이 바닥을 치고 있었다. 하지만 아내는 묵묵히 아이들을 돌보며 내 곁을 지켰다. 나는 그때부터 아내에게 복종하기로 마음먹었다. 쉬는 날이면 시장 보는 일부터 집 청소까지 다 했다. 아내는 그런 상황을 즐기기라도 한다는 듯 나를 부려먹는 횟수가 점점 늘어났다. 나는 그런 아내가 점점 마녀로 보이기 시작했다. 밑도 끝도 없이 나를 머슴처럼 부려먹는 아내가 미웠다. 하지만 아내가 기분이 좋지 않거나 시키는 일이 없을 때는 불안한 마음에 안절부절못했다. 그런 내가 형편없는 좀비처럼 느껴졌지만, 어찌할 수 없는 운명에 수긍하고 살자며 다짐하고 또 다짐했다.

"다음에 오실 때는 보호자와 같이 오세요."

검사가 다 끝나고 담당 의사가 한 말이었다.

"보호자는 왜요?"

나는 겁이 나서 침을 꿀꺽 삼켰다.

"정확한 진단은 검사 결과가 나와 봐야 알겠지만, 간농양이 맞다고 보시면 됩니다."

"심각하나요? 저 죽나요?"

"아니요! 요새는 간농양 가지고는 죽는 사람 없어요. 수술도 금방 끝납니다. 예전에는 개복을 해서 간의 일부를 절제하는 수술을 했지만, 요즘은 구멍만 살짝 뚫어서 농양을 뽑아 올리는 시술을 하고 있습니다. 그리고 환자분은 당뇨병 같은 기저질환이 없어서 크게 걱정 안 하셔도 됩니다."

예상했던 대로 검사 결과는 간농양이었다. 생각보다 고름의 크기가 컸다. 배농 시술은 고름의 상태를 봐가면서 항생제 치료를 하면서 농이 익을 때까지 기다렸다가 하기로 했다. 입원 기간은 넉넉잡고 3주 정도 잡으면 된다고 했다.

아내는 내가 입원해 있는 동안 지극정성으로 나를 간호했다. 그동안에 서운함을 다 잊을 정도로 신경을 써 줘서 고마웠고, 미안하기까지 했다. 그래도 특별하게 하는 일 없이 집에 있어서 미안함은 덜했다. 아내는 반평생 동안 정시에 출근하고, 정시에 퇴근하는 일을 해 본 적이 없었다. 자식들 키울 때는 주부로 있었고, 자식들이 어느 정도 컸을 때는 백화점 행사매장에 나가 이월된 옷을 파는 아르바이트를 간간이 했었다. 나이가 들어가자 다시 주부로 살았고, 나이가 더 든 뒤에는 요양보호사가 되겠다며 자격증을 땄다. 공부 머리는 좋아서 자격증은 금방 땄지만, 아내는 희생 봉사 정신은 없었다. 요양보호사 자격증을 취득하자마자 치매 노인을 돌보는 방문 요양사를 시작했지만 그리 오래가지 못했다. 처음에는 치매 노인에 대해 유튜브까지 보면서 분석하더니 얼마 못 가서 그만뒀다. 노인이 남자라서 거부감이 느껴진다는 둥, 이상한 냄새가 난다는 둥, 심부름을 자주 시킨다는 둥 하며 투덜대다가 그만둔 것이었다. 달 수를 세어 보니 실업급여 받을 수 있는 기간만큼만 일했었다. 아니나 다를까? 아내는 그만둔 즉시 실업급여를 신청했고, 실업급여를 다 받고 난 뒤에는 공공근로를 신청했다. 공공근로는 재산이 많이 잡히거나 벌이가 있는 배우자가 함께 있으면 안 될 가능성이, 높다는 소리를 어디서 들고 은행예금은 딸 이름으로 돌리고, 나와 주소를 분리했다. 아내는 그런 면에서는 천재였다. 편법을 써서라도 자신에게 유리한 쪽으로 상황을 만드는 재주가 있었다. 아내는 서울 모 교회 권사 직분을 가지고 있었지만, 아무리 생각해 봐도 나랑 똑같은 이중인격자여서 천국행과는 거리가 먼 사람이었다.

보름간의 병원 생활을 끝내고 집으로 돌아왔다. 담당 의사가 이제 간에는 단 한 점의 농양도 붙어 있지 않으니 퇴원하라고 해서였다. 그러고 보면 나는 참 운이 좋은 사람이었다. 어렸을 때는 간디스토마로 죽을 고비를 넘긴 적 있었는데 그때는 할머니가 나를 살렸다고 했다. 이번에는 하나님이 살려 주신 거 같다. 죽음의 문턱에서 삼세판은 기회를 준다고 하니, 아직 한 번 더 남았다.

나는 집에 돌아오자마자 차로 향했다. 아내가 알면 안 되는 물건들은 모조리 차 트렁크와 서랍에 감춰놨기 때문이었다. 영업용 핸드폰, 비자금 통장, 다단계 영양제를 비롯해 댄스복 등 집으로 가지고 들어갈 수 없는 모든 것이 그곳에 있었다.

나는 심호흡을 깊게 한 번 한 후 차 문을 열었다. 그런데 조수석 서랍이 반쯤 열려 있었다. 병원 생활 하는 동안 염려했던 일이 현실로 나타난 것이었다. 나는 요동치는 심장을 부여잡고 비자금 통장이 있었던 곳을 먼저 확인해 보았다. 아니나 다를까, 통장이 보이지 않았다. 핸드폰도 없었다. 나는 한숨을 내쉬며 운전석에 주저앉았다. 그 통장에는 1,200만 원이 들어있었다. 이럴 순 없었다. 그 돈이 어떤 돈인데……. 손님들에게 사정사정해서 받은 현금과 코로나19 때 정부가 준 돈을 합쳐 놓은 것이었다. 이럴 줄 알았으면 개인택시 동료가 주식으로 불려 준다고 했을 때 맡길 것을, 후회가 물밀듯 밀려왔다. 그때는 이렇게 허무하게 아내에게 뺏길 줄은 꿈에도 생각하지 못했다.

나는 흥분된 감정을 추스르고 집으로 돌아왔다. 아내는 예상이나 한 듯 거실벽에 기대어 앉아 페이스북에 뜬 영상을 보고 있었다. 현 야당 대표 L이 나오는 영상이었다. 아내는 L 대표의 골수팬인 '개딸(개혁의 딸)' 중 한 명이었다. 과거에 시장 후보로 나와 유세할 때도 도지사 선거할 때도, 천막 쳐놓고 단식 투정할 때도 아내는 어김없이 뜻을 같이하는 교인들과 L 대표를 보고 왔다. 요새는 죽어가는 자영업을 살리고, 서민을 살릴 수 있는 인물은 오롯이 L 대표뿐이라며 대통령 만들기 중보기도회에 참석하고 있었다.

"이봐!"

나는 핸드폰만 쳐다보고 있는 아내를 불렀다.

"……."

아내는 잠시 고개를 들더니 아무 말 없이 다시 핸드폰으로 눈을 돌렸다.

"당신 내 차에 간 적 있어?"

아내는 이번에도 꼼짝도 하지 않고, 핸드폰만 쳐다봤다.

"차 안에 있던 물건 가지고 있으면 돌려주지!"

내 목소리에 힘이 들어가자, 아내는 눈을 부릅뜨고 나를 쳐다봤다.

"내 물건 돌려달라고."

나는 다시 한번 강한 어투로 말했다.

"못 줘!"

그때서야 아내는 입을 열었다.

"남의 물건을 말도 없이 함부로 뒤져서 가져가도 되는 건가?"

나는 살기가 느껴지는 아내의 눈을 피하며 말했다.

"카카오톡 내용 잘 봤다. 가관이더라."

나는 아내 말을 듣는 순간 등골이 오싹했다. 도대체 핸드폰 비밀번호는 어떻게 푼 것일까?

"무슨 말이라도 해 보시지?"

"아…… 그……."

나는 입이 떨어지지 않아 속으로 얼버무리다 말았다. 잔머리하면 나인데도 빠져나갈 구멍이 전혀 보이지 않았다. 어떠한 변명도 떠오르지 않았다. 말 그대로 독 안에 든 쥐였다. 영업용 핸드폰에는 무도회장에서 알게 된 여자들의 연락처가 제법 있었고, 그중 대여섯 명과는 매일같이 하트 이모티콘을 주고받고 있었다. 거기다 고정 파트너와는 좀 더 진한 대화도 나누고 있었다. 나는 마른침을 삼키며 아내의 입만 쳐다보며 생각했다. 어쩌다가 간농양에 걸려서 이 지경이 된 것일까? 내가 아무리 나일론 교인이지만, 이렇게까지 비참한 상황을 주신 하나님이 원망스럽기까지 했다. 이러다 졸혼은커녕, 졸지에 이혼당할 수 있겠다 싶었다. 나는 당장 아내 앞에서 무릎을 꿇었다.

"미안해. 이번 한 번만 용서해 줘. 비자금은 당신 다 갖고……"

아내는 내 행동에 시늉도 하지 않았다. 나는 울먹이며 다시 입을 열었다.

"진짜야. 다시는 안 그럴게. 내가 또 댄스장 가면 그땐 혀 깨물고 죽을게."

"…… 두고 보겠어."

아내는 한숨을 연거푸 쉬더니 짧게 말하고 밖으로 나갔다.

바짝 긴장했던 나는 방바닥에 철퍼덕 주저앉았다. 식은땀이 등줄기를 타고 흘렀다. 그래도 교회 권사님이어서 용서가 빠른가 싶어서 마음이 놓였다. 비자금 뺏긴 것엔 아쉬움이 많이 남았지만, 다른 통장에 든 비자금은 안 걸렸으니 괜찮았다. 비자금이야 다시 모으면 되지만 체면에 죽고 체면에 사는 내가 비참하게 이혼당할 순 없었다. 같은 교회 다니는 서울대 출신 장로인 셋째 형에게 창피당하기는 죽기보다 싫었다.

◉ ◎ ◎

　일은 얼마 지나지 않아 또 터졌다. 오랜만에 파트너와 점심을 먹고 나오다 주차장에서 아우디를 긁었다. 하필이면 식당 주인 아들 차였다. 앞뒤를 다 따져봐도 아쉬운 쪽은 나였기에 나는 부리나케 차에서 내려 미안하다고 했다. 웬만하면 원만하게 해결하고 싶어서였다. 하지만 차 주인은 입을 한두 번 달싹거리더니 아무 말 없이 내 눈을 피했다. 아무래도 나와 파트너 사이를 불륜으로 단정 짓고 있는 눈치였다. 불륜을 알아차릴 수밖에 없는 것이 파트너와 이 식당을 들락거린 횟수가 제법 되었다. 그때마다 아들도 같이 있었다.

　나는 젊은 놈의 버릇 없는 행동에 순간 '그냥 보험 처리해!'가 툭 튀어나올 뻔했다. 나이로만 따지면 내 아들뻘밖에 되지 않아 보여서 더 화가 났다. 그러나 꾹 참았다. 아내가 생각나서였다. 사업에 세 번을 실패한 후부터 모든 경제권이 아내에게 있었기 때문에 보험처리를 하게 되면 무조건 아내가 알게 되어 있었다. 거기다 지난 추석에 처가에서 돌아오다 5중 충돌 사고 건까지 있어서 더 문제였다. 다행히 큰 인명 피해는 없어서 다행이었지만 보험으로 보상 처리해 준 금액이 꽤 많았었다. 그런데 이번 일까지 합쳐 지면 할증에 할증을 더하게 된다. 사실 이 사건 말고도 자잘한 두 건의 사고가 더 있었다. 두 건 모두 카카오택시로 갈아타고부터 생긴 사고 들이었다. 카카오택시를 하면서 소득은 두 배 이상으로 뛰어서 좋았지만 바쁘게 움직이다 보니 자잘한 접촉 사고가 잇따랐다. 버는 만큼 토해내고 있는 꼴이었다. 영업용 차량이라 1년 치 기본 보험료가 400만 원인데……. 하, 한숨이 저절로 나왔다. 머리에서 계산이 안 됐다. 지금은 계산하지 말자.

"젊은이 어떻게 했으면 좋겠는가?"

나는 먼 산 쳐다보듯 다른 곳을 주시하고 있는 차 주인에게 말했다.

"보험 처리 할까요?"

차 주인은 그때야 나를 정면으로 쳐다보며 말했다. 한쪽 입꼬리가 살짝 올라가 있었다.

"현금 처리 하지?"

내가 말했다.

"제 차 수입차예요."

"아주 살짝 긁힌 것 같은데……. 청년."

파트너가 내 눈치를 살피며 끼어들었다.

"얼마면 되나?"

내가 단도직입적으로 물었다.

"300은 주셔야죠."

"너무하네, 청년!"

파트너가 말했다.

"그럼, 보험으로 처리하시든가요?"

"아, 아니야. 300 줄게. 계좌번호나 적어 줘. 지금 쏴 줄게."

나는 삐딱선 타고 있는 횟집 아들의 어깨를 잡으며 말했다. 그리고 혼자 속으로 웃었다. 나에게는, 아내에게 뺏기지 않은 다른 비자금이 딱 300만 원 있어서였다. 하나님이 벌을 내리시는 건지, 내가 운이 좋은 건지 알 길은 없지만 300만 원으로 해결이 된다면 기꺼이 주고 말아야 하는 판이었다. 나는 계좌를 받자마자 바로 송금했다.

"아우! 역시 빠르시네요."

횟집 아들은 나의 빠른 일 처리에 스스로 감탄하며 말했다.

나는 대답 대신 눈으로만 인사하고 재빨리 파트너와 함께 주차장을 빠져나왔다. 다른 일 같았으면 이렇게 쉽게 돈을 내줄 내가 아니었지만, 이번 일은 어쩔 수 없었다. 아내에게 들키면 진짜 큰일이었다. 파트너는 본인 때문에 이런 일이 일어났나 싶은지 표정이 어두웠다.

드디어 올 것이 왔다. 1년 치 보험료가 적힌 청구서가 날아왔다. 긴장한 채로 봉투를 열어보니 입이 딱 벌어졌다. 우려했던 일이 현실로 나타났다. 1년 치 보험료가 천팔십만 원이 적혀 있었다. 동그라미를 잘못 봤나 싶어 돋보기를 쓰고 보고, 눈을 비비고 보고, 또 비비고 봐도 청구서에 적혀 있는 숫자는 변하지 않았다. 예상은 했지만, 천만 원이 넘어갈 거라고는 상상하지 못했다. 23년 동안 개인택시 하면서 보험료가 이렇게까지 많이 나온 적은 없었다. 많이 나왔을 때가 칠백만 원이었다. 그것도 딱 한 번이었다. 불행 중 다행인 것은 한 번에 내는 것이 아닌 12개월 동안 나눠서 내는 것이었지만, 그래도 부담스러운 금액임은 틀림없었다. 아직 아내는 모르고 있었다. 곧 공공근로를 마치고 돌아오면 알게 될 것이었다. 이 일은 숨긴다고 숨겨지는 일이 아니니 어찌해야 할지 감을 잡을 수가 없었다. 청구서를 본 아내의 화난 눈빛, 추켜 올라간 입술, 일그러진 표정을 생각하니 오금이 저렸다. 할 수만 있다면 쥐구멍에라도 들어가고 싶은 심정이었다.

"2만 원 벌어다 주려고 택시 모냐?"

아내가 청구서를 보면서 말했다.

"내가 진정 2만 원짜리였니?"

아내의 일그러진 얼굴을 쳐다볼 수가 없어서 고개를 푹 숙이고 있던 내가 말했다. 어이가 없어서였다.

"기름값 떼고, 차 할부금 떼고, 보험료 떼고, 이것저것 떼고 나면 뭐가 남을까?"

아내는 내 말에는 아랑곳하지 않고, 핀잔주듯 말을 비비 꼬았다.

사실 아내 말이 다 틀린 말은 아니었다. 전기차로 갈아타면서 보조금 외에 나머지 금액은 할부로 끊었다. 남은 금액이 아직도 천만 원 정도가 되는 것으로 알고 있었다. 그렇다고 해도 카카오 택시로 갈아탄 후의 매출은 예전보다 훨씬 많은 건 사실이었다.

"내가 일부러 사고 낸 것도 아니고, 영업을 더 열심히 하다 보니까 이렇게 된 건데……"

"두말할 것 없이 이참에 차 팔고, 경비나 하쇼!"

아내는 딱 잘라 말했다.

"뭐라고?"

뜬금없이 개인택시를 팔자는 아내 말에 나는 기분이 묘했다. 개인택시는 어머님이 살아생전에 나에게 주신 마지막 선물이었다. 일류대학 나와 사회에서 한 자리씩 하는 형들에 비해, 하라는 공부는 하지 않고 손대는 일마다 실패하는 막내아들을 너무도 걱정했던 어머니에게 받기만 하다 돌아가신 것도 원통해 죽겠는데, 어머니의 유품이자 내 사업장인 개인택시를 팔아라 말아라 하는 아내가 야속했다.

"그럼, 이 많은 보험료 어떻게 해결할 건데? 앞으로 사고가 안 난다는 보장도 없잖아. 당신 나이도 있어서 사고가 더 나면 더 낫지 덜 나진 않을 거고……. 뼈 빠지게 일하면 뭐 해? 죽을 때까지 보험료만 내다 끝날 판인데!"

●◎◎◎

　　나는 아내의 성화를 이기지 못하고 개인택시를 정리했다. 번호 판도 금방 팔렸다. 거래 시장에 내놓은 지 하루 만에 1억 3천에 팔렸다. 차는 결혼도 안 하고 38년째 캥거루족으로 사는 마마보이 아들의 몫이 되었다. 새 차로 뽑은 지, 얼마 안 된 전기차여서 중고 시장에 내놓으면 제법 받을 수 있었지만, 오직 아들밖에 모르는 아내의 말에 따를 수밖에 없었다. 아내는 차가 좋아야 40세 전에 결혼시킬 수 있다고 입이 닳도록 말했다.

　　주위 사람들은 이런 나를 뒤에서 비웃었다. 70세가 다 돼서까지 아내 말에 쪽도 못 쓰는 공처가라고 놀려댔다. 그래도 어쩔 수 없었다. 나는 하루라도 더 이승에서 살고 싶었다. 천국은 죽어야 가는 곳이지 않은가? 아내에게 저항하면 할수록 내 이승에서의 생명줄이 점점 더 줄어든다는 것을, 나는 너무나도 잘 알고 있었다. 41년 차 아내의 좀비로 살면서 터득한 것이었다.

　　그렇다고 내가 무작정 아내의 말에 따른 건 아니었다. 아내의 제안도 나쁘지 않아서였다. 아내는 보험료가 자동 소멸하는 기간이 3년이니 일단 팔고, 다른 일 하다가 3년 후에 다시 개인택시를 사면 좋지 않겠느냐고 했다. 번호판 판 돈은 고스란히 내 이름으로 예탁해 준다고까지 했다. 곰곰이 생각해 보니 아내의 제안도 나쁘지 않았다.

차를 정리한 지 5일째 되던 날 오전, 6천만 원이 내 통장으로 입금되었다. 통장에 찍힌 액수를 확인하자 심장이 풍선처럼 부풀어 오른 듯했다. 이렇게 큰돈을 언제 만져 봤나 싶을 만큼 생소했다. 잦은 사업 실패로 빚 갚는 데만 10년을 넘게 걸린 세월이 또 생각났다. 아파트가 경매로 넘어가고 반지하에 살면서 법인 택시 몰고 있던 나에게 개인택시를 사준 어머니도 아른거렸다. 눈물이 핑 돌았다. 3년만 참자. 그때 아내가 나를 불렀다.

　"돈 들어온 거, 내 통장으로 붙여."

　"…… 왜?"

　나는 아내의 뜬금없는 말에 눈이 커졌다.

　"은행을 어떻게 믿어? 은행이 부도나면 5천만 원밖에 못 받아."

　"설마, 은행이 부도야 나겠어?"

　"세상일은 모르는 거야. 그러니까 따로 저금해 놨다가 필요시기에 합치자고."

　"알았어."

　나는 이번에도 아내의 말이 떨어지기가 무섭게 들어온 금액 전액을 아내에게 송금했다. 요새는 핸드폰으로 다 해결되는 세상이니 다른 통장으로 송금하는데 걸리는 시간이 5분도 채 안 걸렸다.

　"확인해 봐."

　나는 의기양양하게 말했다.

　내 손가락과 핸드폰만 뚫어져라 쳐다보고 있던 아내가 그때야 입을 열었다.

"이 돈은 받을 생각 하지 마. 나 나중에 요양할 때 쓸 거야."

"뭐, 뭐라고?"

나는 아내의 얼토당토않은 말에 망치로 머리를 한 대 맞은 기분이었다. 이제야 지금 상황이 잘못돼도 한참 잘못되어 가고 있다는 것을 느낄 수 있었다. 그러나 때는 이미 늦었다.

"귀가 먹었어?"

아내가 소리쳤다.

"3년 있다가 개인택시 다시 사준다며?"

"그동안 당신이 경비해서 사."

"……."

나는 아내의 말에 소름이 돋아서 말문이 막혀버렸다.

나는 아내를 믿었다. 아내가 잠자리를 10년 넘게 거부해도, 머슴처럼 부려먹어도 단 한 가지만은 믿었었다. 신용이었다. 내가 벌어다 준 돈 허투루 쓰지 않고, 꼬박꼬박 모을 줄 알고, 때 되면 달걀 삶아 주고, 흙 묻은 당근 사다 영양 식사 차려주는 아내가 고마울 때도 많았다. 비록 남자답게 살지는 못했지만, 이 정도면 살 만하다, 생각했었다. 그러나 그런 생각들이 한순간에 무너졌다. 아내는 나를 제대로 속였다. 나는 아내의 기가 막힌 행동을 보면서 보이스피싱 당하는 사람들의 심정을 천 번, 만 번 이해할 수 있을 거 같았다. 작정하고 사기 치는 사람에게는 속수무책으로 당할 수밖에 없는 것을……

나는 아내의 마지막 말을 되새김질하며 집을 나왔다. 아내와 같이 있다가는 무슨 일이 벌어질지 감을 잡을 수가 없어서였다. 아내의 뺨을 후려쳐 본 기억이 딱 한 번 있었다. 35년 전 레스토 랑 할 때였다. 가게를 봐주겠다며 나온 아내가 손님과의 계산 문 제로 사나이 자존심을 건드렸었다. 이깟 숫자 계산 하나도 제대 로 못 하느냐고 했다. 나는 그때 사정없이 아내의 뺨을 쳤다.

정처 없이 한참을 걷고 있는데 카카오톡이 울렸다. 파트너였 다. 오늘 쉬는 날인데 무도회장이나 오라는 내용이었다. 갑자기 기분이 좋아진 나는 두말하면 잔소리라고 대답했다. 댄스복도 무도장에 가져다 놨으니, 몸만 가면 되었다.

마음이 급해진 나는 택시를 잡아탔다. 무도회장은 집에서 그 리 멀지 않은 곳에 있어서 걸어가도 충분했지만 오늘은 단 1초라 도 빨리 가서 파트너를 보고 싶었다. 아니 안고 싶었다. 은은한 버버리 향수를 자주 뿌리는 파트너의 향기를 맡고 싶었다. 그 향 기를 맡으며 춤을 추고 싶었다.

무도회장에 도착하니, 파트너가 먼저 와 있었다. 파트너는 나 를 보자마자 활짝 웃으며 나를 향해 달려왔다. 그때 파트너의 핸 드폰 벨이 요란스럽게 울렸다. 남편에게 온 전화였다. 파트너는

한참을 통화하더니 집에 가봐야겠다고 했다. 표정이 점점 굳어
지는 것을 보니 썩 좋은 일 같아 보이진 않았다. 나는 이 집이나
저 집이나 배우자가 원수란 생각밖에 들지 않아 씁쓸한 마음이
가시질 않았지만 내색하지 않고 버스 타는 곳까지 데려다줬다.
파트너가 버스에 올라타는 모습까지 본 뒤 나는 발걸음을 돌렸
다. 그렇게 몇 걸음을 걸어가는 데 뒤통수가 싸늘했다. 이건 무
슨 조화인가 싶어 본능적으로 뒤를 돌아봤다. 아무도 없었다.
나는 버스정류장부터 무도회장이 있는 건물까지 눈으로 스캔한
후 다시 앞을 보고 걸었다. 그런데 누군가가 나를 뒤따라오고 있
다는 생각이 떠나질 않았다. 나는 발걸음을 멈추고 확 돌아봤
다. 아니나 다를까, 가로수 뒤로 몸을 숨기는 사람이 있었다. 나
는 천천히 가로수 쪽으로 걸어갔다. 그때 가로수 뒤에서 사람이
푹 튀어나왔다. 아내였다.

"어디서부터 따라붙은 거야?"

나는 굳은 표정으로 퉁명스럽게 말했다.

"그건 알아서 뭐 할 건데?"

아내는 내 손에 들린 댄스가방을 쳐다보았다.

"이, 이거 운동복이야."

"한 번 열어 봐!"

아내가 가방 손잡이에 손을 대며 말했다. 나는 가방을 있는 힘
껏 움켜잡았다. 아내는 가방 안에 있는 물건이 댄스복인 것을,
직감적으로 알고 있었다. 간농양으로 입원해 있을 때 트렁크까

지 다 뒤졌기 때문에 가방 안을 분명히 봤을 것이었다.

"다시는 춤추러 안 간다고 하더니…… 믿은 내가 잘못이지. 제 버릇 개 못 주고, 세 살 버릇 여든 간다는 옛 선인들의 말이 한 치의 오차도 없네, 없어!"

아내는 인도 한가운데서 목청껏 떠들었다. 지나가던 사람들이 힐끔힐끔 쳐다봤다. 나는 창피해서 도저히 서 있을 수가 없었다. 눈을 질끈 감고 집 쪽으로 냅다 뛰었다.

"이, 이중인격자, 인간쓰레기! 앞으로 교회도 오지 마! 교회 사람들에게 다 이를 거야. 여자랑 춤바람 난 사람이 무슨 교회 집사라고!"

나는 아내의 고함에도 뒤도 돌아보지 않고 집까지 뛰어와 속옷 세 벌과 양말 세 켤레를 댄스가방에 넣고 잽싸게 집을 나왔다. 집을 나올 때까지 아내는 보이지 않았다. 다행이다 싶었다. 사방을 둘러보며 빠른 걸음으로 골목을 빠져나오는데 그때야 멀리서 아내 소리가 들려왔다.

"다시는 들어오지 마! 더러운 인간."

나는 아내의 목소리가 들려오는 반대쪽으로 발걸음을 돌려 도로를 향해 있는 힘껏 뛰었다. 아내가 더는 쫓아오지 못할 만큼 멀리 나오고 난 뒤에야 걸음을 멈추고 숨을 돌렸다. 그리고 핸드폰을 꺼내 아내에게 문자를 보냈다.

"그래 이번에는 진짜, 졸혼이다! 더는 너의 좀비로 안 살 거다."

"현관문 비밀번호 바꿈."

한참 있다가 아내에게서 온 답장이었다.

나는 아내의 문자를 보는 순간 겁이 나서 어찌할 바를 몰랐다. 공처가로 산 세월이 너무도 길어서 자동으로 생성되는 심리작용 같았다. 나는 마음을 가라앉히기 위해 눈을 감고 심호흡을 연거푸 했다. 간신히 평정심을 되찾은 나는 용기를 내어 아내에게 문자 보냈다.

"다시는 들어갈 일 없음."

짧은 문자를 쓰면서도 손이 덜덜 떨려 혼났지만 보내고 나니 속이 다 후련했다. 차라리 잘됐다 싶었다. 그동안 아내에게 길들여진 내 자아가 드디어 해방됐다 싶었다. 신은 때가 되면 이렇게 문을 열어주는구나 싶었다. 단지, 너무 많은 걸 잃게 한 후 자유를 주는 것 같아 조금 야속한 마음도 들었다. 하지만 지금도 늦지 않았다 싶었다. 나는 그동안 검색해 저장해 놨던 원룸텔에 전화를 걸었다.

"지금 당장 들어갈 수 있는 방이 있나요?"

"네, 있습니다."

"무보증에 월 35만 원 맞지요."

"맞습니다."

"지금 갑니다."

비만 클리닉

한증막 안은 조용했다. 평소 이 시간 때면 배를 출렁이는 아줌마들로 꽉 차 있을 시간이었다. 오늘은 웬일인지 아무도 없었다. 승희는 잘됐다 싶었다. 그러잖아도 평소에는 시끄러워서 오래 앉아 있을 수가 없었는데, 이 기회에 땀이나 실컷 빼야겠다고 생각했다.

승희는 물수건으로 얼굴을 덮고 한증막 가운데에서 반듯하게 누웠다. 서 있을 때는 얼굴이 빨갛게 익을 것처럼 뜨거움을 느꼈는데 바닥에 누우니 견딜만 했다. 승희는 그렇게 누운 채 눈을 감았다. 시간이 10분 정도 흐르자, 살갗 여기저기서 땀방울이 흘러나와 바닥으로 떨어졌다. 눈을 감아 움푹 들어간 눈 주위에도 땀방울이 고여 옹달샘을 이루고 있었다. 승희는 눈꺼풀에 고여 있는 땀을 손등으로 닦아 낸 뒤 두 다리를 번쩍 들어 공중으로 치켜세웠다. 뱃살이 출렁거렸다. 배에서 일렁이는 파장은 태풍주의보 급이었다. 승희는 들어 올렸던 두 다리를 천천히 내리고 양손으로 배를 움켜잡았다. 뱃살은 승희의 큰 손아귀

안으로 모두 들어오지 않았다. 손바닥 안에서 흐물흐물거리던 뱃살은 말미잘처럼 손가락 사이로 흘러내렸다. 승희는 배를 탁 탁 치며 일어섰다.

신장 156cm, 몸무게 60kg. 현재 승희의 신체 사이즈였다. 승희가 요새 먹는 양으로 봐서는 앞으로 석 달 후면 고도 비만 대열에 서게 될 게 틀림없어 보였다. 승희도 그 사실을 잘 알고 있었지만 그건 머리로만 아는 것뿐, 먹는 양을 줄인다든가, 시간 맞춰 운동하는 일은 전혀 하지 않았다.

승희의 처녀 시절 몸무게는 52kg에서 54kg 수준이었다. 체구에 비하면 날씬한 몸매는 아니었지만 그래도 아담하고, 볼륨감 있다는 얘기는 많이 들었다. 까마득히 먼 옛날 얘기였다. 승희는 씁쓸한 표정을 지으며 한증막에 가지고 들어온 냉수 병의 뚜껑을 열어 입에 가져갔다.

"누가 있네?"

짧은 커트 머리를 한 중년의 아줌마가 한증막 문을 열고 들어왔다. 키가 제법 컸고, 얼굴이 길었다. 긴 얼굴에 붙은 살이 축 늘어져 턱에 모여있었다. 승희는 자신의 출렁이는 뱃살과 아줌마 턱에 모여있는 턱살의 연관성을 생각해 보았다. 동기감응이 일어났다.

승희는 아줌마와 눈이 마주치자, 아줌마의 턱에 고정되어 있던 시선을 돌려 벽에 붙어 있는 온도계로 옮겼다. 하지만 아줌마에 대한 호기심은 사라지지 않았다. 승희는 곁눈질하며 아줌마의 얼굴을 찬찬히 스캔했다. 낯이 많이 익었다. 이 사우나에 연간 회원권을 끊어놓고 밤이고, 낮이고 가리지 않고, 시도 때도 없이 들락거리는 아줌마 중 한 명임이 틀림없었다.

"옆으로 좀 가요!"

아직 앉을 자리를 정하지 못했다는 듯 문 앞에 서서 서성거리던 아줌마가 승희를 응시하며 말했다.

"네?"

승희는 알아들었지만 무슨 말인지 모르는 척 시치미를 뗐다.

"한국말 몰라유? 좀 안 게, 옆으로 좀 가라고요!"

"아, 네에……."

승희는 내심 기분이 상했지만, 엉덩이를 땅바닥에 문대며 벽 쪽으로 몸을 움직였다. 승희가 자리를 비키자마자 아줌마는 승희가 앉아 있던 자리에 가서 누웠다. 순식간에 한증막 안이 꽉 찬듯했다.

승희는 입을 삐쭉거리며 폈던 다리를 오그렸다. 매너가 없는 아줌마에게 짜증이 난 승희는 한증막을 나가고 싶은 충동이 일어났지만, 꾹 참았다. 여태껏 한증막에 들어와서 20분을 넘긴 적이 한 번도 없었기 때문이다. 승희는 사우나에 오기 전 다짐을 했다. 오늘만큼은 꼭, 30분을 채우고 나가겠다고. 30분을 채우고 나면 1시간도 버틸 수 있을 것만 같았다. 그러다 보면 출렁이는 뱃살도 조금은 빠지지 않을까 하는 생각에서였다.

승희는 자세를 양반다리로 고쳐 앉고 스트레칭을 시작했다. 양팔을 쭉 펴서 올리고, 내리고를 반복한 후 아랫배를 두 주먹으로 마구 두들겼다. 주먹질을 한 번 할 때마다 뱃살이 물결치듯 출렁거렸다.

'에이씨, 이 뱃살 어떻게 할 거야?'

승희는 속으로 중얼거렸다.

"뱃살 잘 빼는 데 아는데!"

"네?"

승희는 귀를 의심했다. 한증막 안에는 한 가운데 누워 있는 아줌마와 승희, 둘 뿐이었다. 혹시 밖에서 나는 소리인가 싶어 출입문 쪽으로 귀를 기울였지만, 아무 소리도 나지 않았다.

"다 들렸어? 내가 뱃살 잘 빼는 데 안다니까!"

승희가 아무런 반응도 없이 주위만 두리번거리자, 아줌마는 벌떡 일어나 또 한 번 강조하듯 말했다. 하지만 승희는 무어라 대답하기가 힘들었다. 아줌마 자신의 신체 상황을 알고 저런 소리를 하는 건지, 알 수가 없었다. 배가 승희보다 두 배는 더 나와 보였기 때문이었다.

"왜 대답이 없어?"

아줌마는 두 번이나 대답이 없는 승희를 향해 삿대질하며 성을 냈다.

"어, 어디요?"

승희는 그제야 입을 열었다.

"그래, 그래. 그렇게 대답해야 대화가 되지. 나도 거기서 20kg 이나 뺐잖아."

"네! 정말요?"

"어마, 안 믿는 눈치네. 아주 오래전 일이니까 그렇지, 진짜여!"

"아, 알았어요. 믿을게요, 믿어요."

나는 억지로 호응했다. 그리고 넌지시 물었다.

"거기가 어딘데요? 뱃살 잘 빼는 곳이요."

"저 위!"

아줌마는 눈동자와 검지손가락을 위로 추켜세우며 말했다.

"저 위 어디요?"

"바다의원 말이야."

"거기는 내과의원 아니에요?"

"내과 맞는데 살도 빼 주고, 점도 빼 주고, 피부도 관리해 주고 그랴."

"내과에서 살 빼 준다는 얘기는 처음 듣네요."

"요새는 내과에서도 비만 관리 많이들 햐. 경기도 안 좋은데 자잘한 개인 병원이 너무 많다 보니까, 경쟁이 심해서 애들 감기 약만 처방해서는 밥도 못 먹고 사는 판인 게, 그 병원도 먹고 살 방법을 찾은 거제."

아줌마는 흥분한 듯 쉬지 않고 떠들다가 물을 벌컥벌컥 마시더니 다시 말을 이었다.

"아니, 병원 바로 밑에서 노래방 한다는 사람이 그것도 아직 몰랐단 말이야? 그 병원 생긴 지가 20년도 넘었고, 비만 치료 시작한 지는 15년도 넘었는데 말이야. 내가 초창기 멤버니까, 그 정도는 됐지. 아무튼 거기 원장이 뱃살 하나는 기가 막히게 잘 뺀다니까. 입소문 나서, 가끔 가면 자리가 없어서 그냥 나올 때도 있었어."

아줌마 말을 다 들은 승희는 병원 원장과 친척이냐고 묻고 싶었다. 거기다 자신이 노래방 운영하는 거는 어떻게 알았느냐고도 묻고 싶었다. 하지만 그 말은 어느새 머릿속에서 사라졌고, 뱃살을 기가 막히게 잘 뺀다는 말만 남아 있었다.

◉◎◎

승희는 아줌마와 사우나에서 헤어지고 곧장 병원으로 달렸다. 자신이 운영하는 노래방 위층에 자신을 구원해 줄 병원이 있었다는 것도 모른 채 산 세월에 원망하며 병원 문을 열었다.

병원 안은 너무 조용했다. 점심시간이 갓 지난 시간인데도 대기하는 환자 한 명이 없으니 으스스하게만 느껴졌다. 승희가 평소 다니던 내과 의원 같으면 감기 환자나 비염 환자들이 대기실을 가득 메우고 있을 시간이었다. 승희는 유령의 집에 들어온 것마냥, 싸한 기운까지 느껴지자 조용히 뒷걸음쳐 병원을 나오려

했다. 그때 안쪽에서 여자 목소리가 들려왔다. 승희는 출입문을 막 나오려던 발걸음을 멈추고 뒤를 돌아봤다. 간호사 가운을 입은 40대 여자가 차트를 들고 나오고 있었다. 키는 작고 왜소했지만, 어딘가 강단 있어 보였다.

"어떻게 오셨어요?"

"아, 예……."

승희는 머리를 긁적일 뿐, 말을 잇지 못했다.

"살 빼려고, 오셨어요?"

"네?, 네에……."

"누구 소개로 오셨나요?"

"네? 저…… 키가 크고, 약간 뚱뚱하면서 커트 머리를 하고 있고, 눈은 땡그랗게 크고, 충청도 말씨를 쓰는 60대 초반 아주머니가……."

"김숙희 아줌마 말씀하시는구나!"

"네에."

승희는 사우나에서 만난 아줌마가 김숙희인지, 정숙희인지 이름을 물어보지 않아 모르지만, 그냥 대답했다.

"여기가 살을 잘 뺀다고 해서 와 봤어요."

"잘 빼죠. 원장님만 잘 따라오시면 한 번 끊는 걸로 성공한 분들도 많아요."

"한 번 끊는 게 얼마인데요?"

"10회 관리받는 데 40만 원이에요. 현금으로 하시면 12회 해

드리고요. 집중 케어 시기에는 일주일에 두 번씩 오셔서 관리받으시면 효과가 훨씬 빨리 나타납니다. 보통 3개월을 생각하고 시작하는데요. 어떻게 실천하느냐에 따라 한 달 만에도 감량 목표치에 도달하시는 분도 계세요."

"저는 10kg 빼고 싶어요!"

승희는 자신도 모르게 말이 나왔다.

"그럼, 오늘부터 관리 시작하시겠어요?"

"네!"

"어떻게 할까요? 현금으로 해 드릴까요? 2회 더 해 드리니 현금으로 하세요. 결재되면 체지방 지수 측정하신 후 원장님과 상담하면 돼요."

"지금 입금할게요."

승희는 무엇에 홀린 듯 일사불란하게 입금까지 하고 있었다.

입금을 순조롭게 마친 승희는 원장실로 바로 들어갔다. 원장실 안에는 사람 키만 한 체중계가 놓여있었다. 위화감까지 느껴질 만큼 거대한 체중계는 간호사 대신 보조 역할을 하는 로봇 같기도 했고, 고가의 러닝머신 같기도 했다.

원장님은 승희를 보자마자 짤막하게 인사를 하고 체중계에 올라가 보라고 했다. 손잡이가 달려 있었는데, 양손으로 꽉 쥐고 심호흡을 한번 하라고 했다. 승희는 천천히 코로 숨을 들이마시고, 입으로 내뱉은 후 숨을 멈췄다. 체중계에서 '띠띠' 소리가 나더니 옆에 있는 기계에서 그래프가 그려진 데이터가 나왔다.

데이터를 들고 의자에 앉은 원장님은 목표 체중이 어떻게 되느냐고 물었다. 승희는 지금 몸무게에서 10kg을 빼고 싶다고 말했다. 원장은 그건 무리라고 했다. 승희는 가능하다고 자부했다. 자신은 2번의 다이어트 경험이 있다고 했다. 한 번은 둘째 아이를 낳은 후 13kg 뺐고, 5년 전에도 11kg 감량한 전력이 있으니, 이번에는 한 달이면 목표 체중에 도달할 수 있다고 했다. 원장님은 자신만만한 승희를 보더니 그럼, 한번 해 보자고 했다. 그런 의지와 실천력이면 얼마든지 할 수 있다고 했다. 승희는 기세가 등등해지면서 목에 힘이 들어갔다.

원장님은 승희의 자신감과 포부가 좋았는지 기분 좋은 목소리로 잘해보자고 하면서 앞으로 해야 할 사항에 대해서 말했다. 좀 전에 간호사가 말한 대로, 집중 케어 시기에는 일주일에 두 번 관리를 받으러 와야 된다고 했다. 관리받는 동안 주의해야 할 여러 가지 사항들도 일목요연하게 설명해 주었다.

일단 물을 마시면 안 된다고 했다. 밥은 현미밥이나 잡곡밥으로 반 공기를 하루에 두 끼만 먹고, 단 음식, 밀가루 음식, 기름진 음식은 아예 입도 대면 안 된다고 했다. 정 배가 고플 때는 채소로 배고픔을 달래라고 했다. 철저히 채식주의자가 되어야 살을 뺄 수가 있다고 했다. 밤 8시 이후에는 칼로리가 없는 물 외에는 어떤 것도 먹으면 안 된다고 했다. 운동 또한 체중 감량에는 전혀 도움이 안 되니 건강관리 차원에서 할 거면 하되 그렇지 않으면 하지 말라고 했다. 승희는 원장님의 입만 쳐다보며 고개를 연거푸 끄덕거렸다. 금방이라도 살이 다 빠진 듯한 기분이 들 만큼 원장님의 말이 귀에 쏙쏙 들어왔다.

승희는 원장님과 상담이 끝난 후 1차 지방분해 주사를 맞고, 관리실로 들어가 비어 있는 침대에 누웠다. 승희가 침대에 눕자마자 옆에서 대기하고 있던 키 작은 간호사가 주걱처럼 생긴 넓적한 막대기를 승희의 배에 갖다 댔다.

"이건 뭐예요?"

승희는 신기해서 물었다.

"뱃살에 자극 주는 마사지 기계예요. 옷을 좀 더 올리세요!"

승희가 배를 자꾸 감추려고 하자 간호사가 말했다.

승희는 어쩔 수 없이 밑가슴이 보일 때까지 올렸다.

"좀 어떠세요? 견딜 만하세요? 처음에는 약하게 들어갑니다. 힘들면 말씀하세요."

강도가 세질수록 배에 힘이 들어갔다. 승희가 '억' 소리를 낼 때까지 간호사는 강도를 높이더니 거기서 멈추고, 타이머를 눌렀다. 20분 동안 하면 끝난다고 했다.

20분이 지나자, 진동이 자동으로 멈췄다. 그리고 원장이 기다렸다는 듯 나타났다.

"이 주사는 두 번째 지방 분해 주사예요."

두 번째 지방분해 주사를 맞고 나니 이번에는 절구통처럼 생긴 묵직한 방망이를 배 위에 댔다. 충격파 기계라고 했다. 작은 진동으로 배를 두들겼던 기계보다 훨씬 자극적이었다. 방망이로 배를 깊숙이 누를 때마다 둔탁한 굉음 소리를 내며 배를 자극했다. 승희는 처음 해 보는 거라 너무 아파서 자신도 모르게 '억, 억' 소리가 나왔다. 간호사는 그러거나 말거나 쉬지 않고 출렁거리는 승희의 배를 누비며 눌러댔다. 방망이가 지나간 곳마다 부황을 뜬 것처럼 선명하게 원형의 자국이 생겼다. 처음에는 조금 아팠는데 나중에는 아무렇지도 않았다.

충격파를 10분 정도 하고 나자, 원장님이 다시 나타나 세 번째 지방 분해 주사기를 들이댔다. 이번에는 주사기가 아닌 튜브에 들어 있었다. 노란 액체였는데 양이 250mm 정도 되어 보였다. 굵직한 주사기로 배 양쪽을 찌르자 죽을 만큼 아팠다.

세 번째 주사까지 다 맞고 나니 승희의 배는 불룩해져 있었다. 웃음이 저절로 나왔다. 특정 부위만 볼록 튀어나와 있으니, 웃지 않을 수가 없었다. 신선한 충격이었다. 아무튼 만족스러웠다. 살을 빼기 위해 뭔가 한 듯싶어 나름 뿌듯했다. 초음파 진동기로 살들을 자극 시킬 때는 오랫동안 거머리처럼 기생했던 지방 세포들이 울면서 떠나는 듯해 짠해지기까지 했다.

첫 관리를 그렇게 끝내고 식욕억제제가 들어간 다이어트 약을 처방해 주었다.

"일주일치입니다. 하루에 두 번 식사 전에 드시면 되고요. 이

거요, 이 파란 약은 기름진 음식 드실 때 전후로 한 알씩 드시면 됩니다. 드시다가 불편함이 나타나면 말씀해 주시고요. 약값은 3만 5천 원입니다."

조제를 다 한 약사가 한 말이었다.

"네에?"

승희는 약값이 너무 비싸 입이 쩍 벌어졌다.

"다이어트 약 처방은 비급여예요. 보험이 안 돼서 조금 비싼 겁니다."

"아…… 저는 다이어트 프로그램에 처방까지 포함된 줄 알고 있었거든요."

승희는 카드를 내밀며 말했다. 속은 쓰렸지만 그렇다고 여기서 따질 수는 없었다. 기왕 시작한 일인데, 이것저것 따져서 초 치고 싶은 생각은 없었다.

승희는 집으로 가지 않고, 노래방으로 바로 출근했다. 오픈 시간이 두어 시간 남아 있었지만, 집에 갔다 준비해서 나오는 시간을 따지면 바로 출근하는 게 나을 듯싶었다.

노래방에 들어서자마자 승희는 처방받은 다이어트 약부터 한 포 텄다. 약은 대여섯 개의 알약들이 형형색색 다른 색깔을 하고 있었다. 색깔이 너무 고와서 살이 금방 빠질 것만 같아 두 포를 한꺼번에 삼키고 싶은 충동까지 일어났다. 하지만 꾹 참고, 약국에서 시킨 대로 한 포만 정수기 물에 삼켰다. 그때 전화가 왔다. 모르는 전화였다. 승희는 모르는 전화는 받지 않았다. 벨은 한참을 더 울린 후 끊겼다.

  비만 클리닉을 다녀온 지 이틀째 되는 날 저녁이었다. 다이어트 약을 먹은 지 1시간쯤 지났을 때, 갑자기 항문에서 기분 나쁜 무엇인가가 흘러나오는 듯한 기분이 들었다. 당황한 승희는 카운터에 손님을 세워 놓고, 화장실로 달렸다. 확인해 보니 팬티에 어두운 갈색을 띤, 광이 나는 액체가 묻어 있었다. 양도 많았다. 승희는 이게 뭔가 싶어 휴지로 스윽 닦아 보았다. 생각대로 기름이었다. 벌써 똥을 지리다니……. 괄약근이 아직은 튼튼할 나이인데 치질도 없고, 무슨 하늘의 조화인가 싶었다. 그렇게 한참을 서 있던 승희는 약사가 했던 말이 떠올랐다. 기름진 음식을 먹었을 때 먹으라고 했던 파란 약, 승희는 어제 삼겹살을 먹고 파란약을 먹었었다. 그렇다고 신호도 없이 아무 때나 기름이 팬티에 묻으면 안 되는 일이었다. 기저귀를 차야 할 만큼 양도 많았고, 비릿한 냄새 또한 기분 나빴다. 기름이라 속옷을 세탁해도 잘 지워질 것 같지 않아 보였다. 생각해 보니 약의 부작용은 이것뿐만이 아닌 것 같았다. 식욕억제제가 들어가 있어 식욕 부진 현상까지는 이해가 되지만 정신도 몽롱한 것 같았고, 간밤에 잠도 설쳤다. 평소에 승희는 머리를 베개에만 대도 바로 곯아떨어졌다. 아마 집에 불이 나도 세상모르고 잘 정도로 잠이 금방 들었다. 그래서 승희는 불면증이란 단어가 낯설었다. 그런 승희가 깊은 잠을 자지 못한 것이다. 어처구니가 없었다. 처음에는 별생각이 없었는데 팬티에 이상한 이물질까지 묻고 나니 이유가 궁금했다. 승희는 노래방을 잠시 비우고 약국으로 달려갔다.

"약사님, 다이어트 약이 부작용도 있나요?"

"왜 그러시는데요?"

"제가 예민하게 구는 것일 수도 있는데요, 다른 건 그냥 넘어가겠는데…… 노인들 소변 지리듯이 신호도 없이 항문에서 뭐가 나오네요."

"아, 그거요. 그거 기름입니다. 기름이 지방으로 흡수되지 않고, 그대로 배설이 되는 거예요."

"그럼, 효과가 있는 거네요."

"그렇죠."

"그런데 불면증도 생겼습니다."

"불면증 또한 종종 나타난다고들 하십니다. 그것도 시간이 지나면 괜찮아집니다. 아참, 간혹 생리 기간이 길어졌다는 손님도 있었습니다. 하지만 그 부분 또한 시간이 지나자, 정상으로 돌아왔다고 하셨고요."

"알겠습니다. 아직 생리 기간이 아니라서 그런 증상은 없어요. 아무튼 약사님 말씀 듣고 나니까 안심이 되네요."

◉ ◎ ◎

"이래서 무슨 살을 뺀다고 그러세요? 상담받을 때만 해도 기세 등등하시길래, 진행이 잘되겠다 싶었는데……. 제가 잘못 짚었나 봅니다."

승희가 세 번째 병원을 방문한 날 원장님이 한 말이다. 승희는 자신의 노력은 안중에도 없고, 변동 없는 체중만 보고 핀잔을 주는 원장님에게 화가 났다.

"저 잘하고 왔다고요! 원장님이 하라는 대로만 실천하고 있다 고요!"

"이런 경우는 처음입니다, 처음."

"뭐가요?"

"비만 클리닉 운영한 지가 16년째 되지만 3회 차까지 체중이 미동도 하지 않는 비만 환자는 처음이라고요, 처음!"

"물 대신 채소 먹으라고 해서 그렇게 하고 있었고요, 하루에 두 끼만 먹으라고 해서 그렇게 했고요, 저녁 8시 이후에는 아 무것도 먹지 말라고 해서 배고파도 꾹 참고 있다고요! 그런데 왜 살이 안 빠지냐고요? 저도 환불하고 싶을 정도로 속상하다 고요!"

"학교 다닐 때 공부 못했죠? 아니면 저 가지고 실험하세요?"

"무, 무슨…… 말씀을 그렇게 하세요?"

"병원에서는 대답만 '네, 네' 하고, 돌아가서 딴짓하는 거 아니냐 이 말이에요?"

"아, 아니에요! 정말 원장님이 하라는 대로 하고 있다고요."

원장님의 마지막 말에 승희는 말을 더듬었다. 사실 밀가루 음식은 손도 대지 말라고 했는데 그제, 라면 한 사발을 먹었고, 어제는 남편의 성화에 못 이겨 저녁 늦게 치킨을 두 조각 먹었었다.

"사, 사실 어제 남편이 자꾸 먹으라고 해서 치킨 두 조각 먹었어요. 그래도 닭가슴살만 먹었습니다."

승희는 도저히 더는 숨길 수가 없어서 실토했다.

"거봐요. 아무리 거짓말을 해도 체중이 증거입니다. 한 입 먹으려면 그냥 막 드세요. 어차피 체중 감량에 전혀 도움 안 되니까요. 살 빼려면 지금이라도 독하게 마음먹어야 해요."

"이 살, 제 뱃살, 죽어도 뺄 겁니다. 꼭, 뺄 거라고요. 제 남편이 저한테 돼지라고 합니다. 5년 전에 입던 코트와 원피스가 하나도 안 맞아요. 이러다가 정말 굴러다니는 돼지가 되고 말 거예요."

"그렇다면 이제부터라도 똑바로 하세요! 노파심에서 말하는데요, 뼈에 붙어 있는 살은 공격이 들어오면 본인의 살을 유지하기 위해서 온갖 방법을 다 동원합니다. 그래서 살을 빼려고 안간힘을 쓰면 쓸수록 우리 몸은 음식물이 들어오는 족족 그것을 단, 한 톨도 버리지 않고, 저장하려고 해요. 그 저항 기간을 통과해야만 비로소 살이 빠지기 시작하는 거고요. 제가 봤을 때는 김승희 씨 살은 다른 분들 살보다 저항 정신이 강한 듯 보입니다.

그러니 남들보다 몇 배는 더 노력해야 합니다."

"……."

승희는 원장님 말이 귀에 들어오지 않았다. 어디서부터 잘못된 건지 알 수가 없었다. 승희는 원장님이 말하고 있는 동안에도 오로지 억울하다는 생각밖엔 들지 않았다. 몇 번의 실수 빼고는 정말 원장님이 하라는 대로 최선을 다하고 있는 것 같은데…….

어제 교회에서 믹스커피 한 잔 마셨고, 감 한 조각 먹었고, 치킨 두 조각 먹었다고 이렇게까지 욕을 얻어먹어야 하나? 왜 내 살은 이렇게 저항 정신이 강한 것일까? 승희는 한숨이 절로 나왔다. 정말 이쯤에서 다이어트를 포기하고 싶은 생각까지 들었다.

"지금쯤이면 적어도 3kg은 감량했어야 정상입니다. 이대로 가면은 돈만 날리는 꼴이 됩니다. 문재인 정권이 들어서면서부터 최저임금을 올려서 그런지 어쩐지는 몰라도 요새 자영업자들 죽네 사네 하는데……. 김승희 씨도 아르바이트생 내 보냈다면서요. 100원짜리 하나도 아껴야 버티는 판국에, 돈을 막 버리실 겁니까? 한두 푼도 아니고, 정작 40만 원이에요. 앞으로 9회분 남았으니, 지금부터라도 노력하세요!"

원장님은 고개를 푹 숙이고 있는 승희에게 냉정하게 말하고는 처방전과 새로 작성한 식단표를 건네며 말을 이었다.

"아직 횟수가 많이 남았으니, 열심히 한번 해 봅시다. 다음 주 월요일에 뵐 때는 꼭 변화된 모습으로 보자고요."

"…… 네."

승희는 기어들어 가는 목소리로 짧게 대답하고는 뒤도 돌아보지 않고, 진료실을 나왔다.

처방전을 들고 진료실을 나오는데 관리받을 자리가 없어서 대기하고 있는 뚱뚱한 여자 두 명이 소파에 앉아서 낄낄거리며 대화하고 있었다. 아무래도 승희와 원장님의 대화 소리를 들은 듯했다.

"우리 오늘은 그냥 갈까? 목요일이라서 운 좋으면 원장님 얼굴 안 보고 갈 수도 있겠구나 하고 왔더니…… 계시네."

"그러지 말고, 왔으니까 그냥 관리받고 가자. 원장님 잔소리 5분 듣고, 20분 누워 있으면 금방 끝나는데…… 안 그래?"

"그럼, 그럴까?"

"관리 끝나고, 우리 잔치국수 먹으러 가자. 으흐흐흐."

"원장님이 밀가루 음식 먹지 말랬는데……."

"야아, 먹었다는 말 안 하면 되잖아. 뭔 일 있냐? 먹고 죽은 귀신은 때깔도 곱다더라."

"아, 알았어. 까짓것, 지금 못 빼면 나중에 빼면 되지."

승희가 병원 출입문을 열고, 계단을 내려오는 내내 여자들의 수다 소리는 계속 들려왔다. 점점 멀어져 가는 말소리였지만 승희의 귀에는 쩌렁쩌렁하게 울려 퍼지는 듯했다. 얘기를 들으면 들을수록 왠지 자신이 억울하다는 기분밖에 들지 않았다. 어제 먹은 치킨 얘기는 하지 말 걸 그랬나? 하는 아쉬움이 밀려왔다.

월요일 아침, 일어나자마자 착용하고 있던 시계, 반지, 팔찌, 귀걸이를 모두 뺐다. 그래도 불안감이 가시질 않자, 좀 전에 보고 왔던 소변을 한 번 더 보러 갔다. 하지만 소변은 단 한 방울도 나오지 않았다. 승희는 어쩔 수 없이 속옷까지 다 벗은 채로, 체중계 위에 올라갔다. 숫자는 몇 번 왔다 갔다 하더니 60.5kg에서 멈췄다. 승희는 망연자실했다. 충격이었다. 처음 비만 클리닉을 시작할 때 체중보다 500g 더 나가고 있었다. 승희는 자신의 눈을 의심했다. 그래서 체중계 위를 몇 번이고, 올라갔다 내려갔다 반복했다. 몸무게는 단 1g의 변동도 없었다.

　　승희는 비참했다. 이번에는 정말 요령 피우지 않고 원장님이 시키는 대로 다 했다. 운동은 숨쉬기 운동만 했고, 물 대신 채소만 먹었다. 오이, 당근, 양배추, 파프리카를 산더미처럼 쌓아놓고, 틈만 나면 씹었다. 그렇게 염소처럼 채소를 하루 종일 씹다 보면 수분도 흡수되지만 배고픔도 사라지고, 자연스럽게 저작 운동을 하게 돼 우리 몸에 필요한 기초대사량이 높아진다고 원장님이 입에 침이 마르도록 말했었다.

　　승희는 벌써 원장님의 성난 얼굴이 떠올랐다. 3일 동안 뭐했냐고 물어보면 또 뭐라고 해야 할까? 그냥 오늘은 병원에 가지 말까? 승희는 출근하면서 잠깐 고민했다. 아프다고 핑계 대고 안

가고 싶은 마음이 굴뚝같았다.

예상했던 대로 승희가 인바디 체중계에 올라가자마자 원장님의 얼굴이 일그러졌다. 승희와 눈도 마주치려고 하지 않았다. 승희는 원장님의 다음으로 할 행동과 말을 생각하니 진료실을 뛰쳐나가고 싶었다. 승희는 눈을 질금 감았다 떴다.

"침대에 누우세요. 1단계 주사 맞아야죠."

원장님은 승희에게 지극히 사무적으로 명령하듯 말했다.

"네에."

승희는 기어들어 가는 목소리로 대답하고는 침대 위로 올라가 배를 깠다. 살이 더 쪄서 심하게 출렁이는 아랫배에도 주사를 맞아야 했으므로 음모가 겨우 보일랑 말랑 할 때까지 바지를 내렸다.

원장님은 숙련된 손놀림으로 주사를 승희의 배 이쪽저쪽에 찔러댔다. 윗배부터 시작해 옆구리, 아랫배까지 찌른 후 멈췄다.

"이제 일어나도 돼요?"

승희는 누워서 기어들어 가는 목소리로 말했다.

"아니요, 잠깐만 기다리세요."

원장님은 사무적인 말투를 끝까지 고수하며 말하고는 주사기를 한 개 더 가져왔다.

"원래 이 주사는 한 대만 맞는 거잖아요."

"승희 씨 살은 너무 말을 안 들어서요."

주사를 맞고 나오자, 관리실 안은 만원이었다. 여덟 개의 침대가 꽉 차 있었다. 나름대로 일찍 왔다고 생각했는데 자신이 제일 늦게 온 기분마저 들었다. 승희는 관리받고 나서 급히 가 봐야 할 곳이 있었다. 요양 병원에 입원해 계시는 친정아버지를 만나러 가는 날이었다. 병원 앞에서 남편과 만나기로 약속된 시간은 앞으로 30분 후였다. 마음이 급해진 승희가 실장님을 불렀다.

　"실장님, 다 끝난 손님 없나요?"

　"응, 승희 씨 왔어요. 오늘은 뭔 일로 아침부터 바쁘네. 기다려 봐요. 저쪽 손님 다 끝나 가는 듯하네요."

　5분 정도 대기실에 앉아 있자, 자리가 났다. 승희는 누가 좇아올세라 쏜살같이 달려가 침대 위에 누웠다. 침대에 눕고 나니 그제야 원장님 때문에 경직되어 있던 사지가 스르르 풀렸다. 간호사가 진동마사지 기계를 조작하고 있는 동안 승희는 숨기고 싶은 배를 드러냈다. 바지를 강제로 내리는 바람에 뱃살이 지퍼에 집혔다. 승희는 불룩 튀어나와 지퍼에 매달려 있는 자신의 뱃살을 누가 볼세라 잽싸게 수건으로 가렸다.

　진동마사지가 시작되자 눈이 저절로 감겼다. 그래도 관리 몇 번 받았다고 관리실에 누워 있을 때는 기분이 나쁘지 않았다. 간호사 두 분이 정성껏 클리닉을 해 줘서인지, 영부인 대접 받는 기분이 들어 좋았고, 세 번에 걸쳐 지방분해 주사를 맞고, 방망이로 배를 자극해 주자 금방이라도 체중이 목표치에 도달할 것만 같은 착각까지 들었다.

"하고 있네."

눈을 감고 있던 승희는 놀라서 눈을 떴다. 사우나에서 만난 아줌마였다.

"잘하고 있어?"

아줌마는 승희가 반가운지 자꾸 배를 툭툭 치며 말을 걸었다. 한 손에는 캔 커피가 들려 있었다.

"여기서 캔 음료 마시면 안 돼요."

승희가 아줌마 귀에 대고 조용히 말했다.

"괜찮아. 사람이 물을 안 먹고 어떻게 산디야? 나는 이거 다 마시고 관리받을 테니까 잘 받고 가아."

아줌마는 실실 웃으며 관리실을 한 바퀴 돌더니 빈자리가 없자 대기실로 나갔다.

승희는 아줌마의 이상 행동을 이해할 수 없었다. 원장님은 물은 절대로 마시면 안 된다고 했을 뿐만 아니라 집중 관리 기간에는 당이 약간이라도 섞인 모든 음료수도 마시면 안 된다고 했었다. 그런데 아줌마가 캔 커피를 들고 관리실을 휘젓고 다니고 있었다. 간호사들 또한 아줌마에게 아무 말도 하지 않고 있다는 것이 더 신기했다. 나중에 안 얘기지만 아줌마는 15년 전에, 처음이자 마지막으로 살을 뺀 이후로 단 한 번도 제대로 된 관리를 받은 적이 없었다고 했다. 그냥 놀러 다니는 수준이라고 했다. 말 그대로 돈 지랄 하고 다니는 것이라고 했다. 관리 또한 프로그램대로 받지도 않고, 하고 싶은 것만 받다가 돈도 절반 정도만 지불하고 사라진다고 했다. 이렇듯 관리실 분위기를 한순간에 망쳐 놓는 아줌마가 병원에서도 눈엣가시였지만 그렇다고 손님을 쫓아낼 수는 없어서 그냥 두는 것이라고 했다.

승희가 관리가 거의 끝나 가자 아줌마가 관리실로 들어와 승희 옆에 다시 섰다. 승희는 아줌마의 돌발 행동이 계속 이해가 되지 않아 말도 섞기 싫었지만 그래도 여길 소개시켜 준 분이고, 표정에서 너무 티 내면 안 되겠다 싶어 말을 시키면 대꾸는 해 주었다. 아줌마는 신이 나서 목소리가 커졌고, 말도 더 많아졌다.

"살은 좀 뺐어? 보니까 그대로네."

"좀처럼 쉽게 안 빠지네요."

"내가 사우나에서도 말했겠지만 나는 20kg를 뺐었다고 했잖여! 그렇게 독하게 마음 먹여야 살이 빠지는 거야."

승희는 위풍당당하게 과거만 자랑하고 있는 아줌마에게 '지금은 왜 이 모양이세요? 여태껏 관리를 하시는데도 75kg은 더 나가 보이네요.'라고 말하고 싶었지만, 입 속에서만 맴돌았다. 말할 때마다 혀 짧은 소리가 나서 더 이상 아줌마 말을 듣고 싶지 않았는데 마침 관리가 끝났다. 승희는 간호사에게만 고생하셨다고 인사를 하고 냅다 뛰어 병원을 나왔다. 어차피 다이어트 약은 아직 처방받을 때가 아니었으므로 원장실로 다시 들어가야 할 이유는 없었다. 병원 복도를 지나가다 원장님과 마주칠까 봐 노심초사했지만 그런 일은 일어나지 않았다.

승희는 골목을 빠져나오는 내내 한숨이 나왔다. 지방분해 주사가 들어가 기형적으로 튀어나온 아랫배를 만져 보았다. 배를 살짝 올려 보니 시퍼런 멍이 사방팔방 들어 있었다. 주사 자국도 선명하게 찍혀 있었다. 이제 겨우 4번 했는데 이러다가 배에 있는 살이 빠지는 것이 아니라 괴사 당하는 것 아닌가 싶을 만큼 승희의 배는 난도질 당해져 있었다. 일주일에 두 번은 관리를 받아야 했으므로 상처가 아물기도 전에 또 쑤시고, 또 쑤시고 그렇게 쑤시고, 두들기고 하면서 앞으로 8번을 더 해야 한다는 것이 갑자기 끔찍해졌다. 4번을 관리받을 동안 빠지지 않는 살이 더 한다고 빠질까 하는 의문까지 들었다. 병원 갈 때마다 원장님에게 핀잔 듣는 것도 더 이상 하고 싶다는 생각이 사라지고 있었다. 남편이 못 다니게 했다고 거짓말을 할까? 그러기에는 남은 회차가 너무 많았다. 아직 절반도 해 보지 않고, 포기하는 것도 바보 같은 짓이라는 생각이 들면서 머릿속이 복잡해졌다. 관리 잘 받고 나왔는데 이런 생각이 드는 이유는 무엇일까? 승희는 자신의 나약한 정신 상태가 마음에 들지 않았다.

'이런 멍청이! 너 예전에 어금니 꽉 깨물고 다이어트에 성공했었잖아. 그때는 이렇게 돈도 들지 않았었어. 그래도 성공해 놓고선……. 지금은 돈까지 처발라 놓고 하네, 마네 하고 있니? 정말 너, 한심스럽기 짝이 없다. 하는 데까지 해 보라고! 주인 닮아 고집 센 너의 뺀질거리는 살들을 어떻게 해서든 떨쳐 내보란 말이야! 못 하면 멍청이다.'

승희는 다시 마음을 가다듬고 남편이 기다리고 있는 주차장으로 향했다.

⊙ ◎ ◎

가을이 깊어지고 있었다. 승희가 다이어트를 시작할 때는 이제 막 가을의 문턱에 들어설 때였는데 벌써 나뭇잎들이 붉게 물들고 있었다. 도심 한복판에 즐비해 있는 은행나무에서도 노란 은행잎들이 따가운 햇빛을 받아 반짝이고 있었다. 한 뼘 떨어져서 보는 세상은 너무나도 아름답고 평온해 보였다. 자연은 순리대로 잘도 흘러가는데 왜 승희 살은 진행하는 대로, 순리대로 빠지지 않는 것일까? 승희는 고민에 또다시 빠져들었다. 병원을 가는 날이 월요일임을 생각하면 아직 이틀이나 남아 있었지만 벌써 겁이 났다. 원장님 얼굴 볼 자신이 없었다.

'그래, 한 번만 다시 해 보자. 이번이 마지막이라고 생각하고 제대로 도전해 보자.'

승희는 고민 끝에 다짐했다. 앞으로 남은 이틀 동안 기필코 체중을 1kg이라도 줄여서 병원에 간다. 이번에도 체중을 감량하지 못하면 병원은 더 이상 가지 않는다. 승희는 주먹을 꽉 쥐었다 폈다.

체중 감량을 위해서 승희는 자신이 무엇을 잘못하고 있는지를 이쯤에서 검토해 보았다. 곰곰이 생각해 보니 시리얼이었다. 우유였다. 믹스커피였다. 또 자신의 머릿속을 꽉 채우고 있는 아집이었다. 고집이었다. 승희는 병원 다니는 내내, 현미밥 대신 시리얼에 우유를 섞어 먹고 있었다. 우유도 먹지 말라고 했던 원장님의 말을 무시한 행동이었다. 사실 시리얼이 현미밥보다 칼로리가 훨씬 적게 들었고, 영양소는 고르게 들어 있다고 나름대로 생각했었다. 틀린 얘기는 아니었다. 하지만 시리얼은 나중에 먹기로 한다. 일단 원장님이 하라는 대로만 해 보기로 한다. 단 운동은 할 것이었다. 승희가 두 번이나 다이어트 성공할 수 있었던 것은 운동이었다. 운동만큼 칼로리를 소모시키고, 기초대사량을 늘려 주는 방법은 없었다.

승희는 노래방 오픈 시간 1시간 전에 집을 나왔다. 헬스클럽 대신 공원을 가기 위해서였다. 그곳에는 시민들의 건강을 위해 설치해 놓은 운동 기구들이 많았다. 러닝머신만 빼고 다 있었다. 공원이 집과 조금 멀기는 했지만, 마음만 먹으면 운동하고 출근하기에 충분한 거리였다.

다섯 종류의 운동 기구를 15분씩 차례대로 탔다. 3번째 운동 기구로 향할 때 이마에서 땀이 났다. 몇 년 만에 하는 운동이라 쉽게 땀이 나고, 피로도 느껴졌다. 하지만 이대로 끝낼 수는 없었다. 두 가지 운동 기구를 마저 탔다.

운동을 하고 노래방으로 오는 도중에 다이소에 들렀다. 거기는 일본에 본사를 둔 생필품 가게였는데, 모든 물건은 5천 원을 넘지 않았다. 품질은 어떨지 모르지만, 싼 맛에 승희는 자주 애용했다. 그곳에서 1kg짜리 아령 두 개와 줄이 없는 줄넘기를 사고, 디지털 체중계까지 샀다. 노래방에 있는 아날로그 체중계는 제멋대로 왔다 갔다 했다. 때로는 체중이 더 나가기도 하고, 또 어떤 때는 덜 나가기도 했다. 노래방에 도착하면 바로 버릴 작정이었다.

영업 시간이 시작되고, 얼마 지나지 않아 손님이 연속으로 두 팀이 들어왔다. 선방이었다. 평소 같았으면 자정이 다 되어 갈 때쯤에 개시했을 텐데 말이다. 대부분 그 시간에 오는 손님은 고주망태가 된 남자 손님들이었지만 밤새 서너 팀 받으면 많이 받는 노래방에서 찬밥 더운밥 가릴 수는 없었다. 다행히 노래방 곳곳에 CCTV가 설치되어 있어 칼 들고 설친다거나 수화기로 물건을 부수는 손님은 아직까지는 없었다. 카운터 밑에 비상벨도 있어서 돌발 상황에도 대처는 충분했다.

승희는 손님에게 차례로 선불을 받고, 방을 안내해 주고, 서비스 시간을 포함해 1시간 30분을 찍어 주고, 재떨이와 마이크 싸개를 가져다주고, 주문한 음료수를 가져다줬다. 이쯤 하면 할 일이 다 끝난 셈이었다. 적어도 앞으로 몇 시간은 한가할 것이었다.

승희는 한가해진 틈을 이용해 운동을 시작했다. 아까 다이소에서 사 온 아령을 들고 올렸다 내리기를 반복했다. 1kg밖에 되지 않는 무게인데도 양손으로 들고 있으니 제법 무거웠다. 멈추지 않고 100번을 반복하고 나니 등에서 땀이 흘러내렸다. 승희는 멈추지 않고 이번에는 줄 없는 줄넘기를 들고 제자리 뛰기를 했다. 줄이 없어서인지 뭔가 어설펐고, 2% 부족한 기분이 들었다. 긴 줄이 형광등에 걸릴 일도 없고, 발에 걸릴 일도 없어서 좋긴 한데, 손잡이 부분에 짧게 달린 줄이 움직일 때마다 승희는 웃음이 나왔다. 꼭 절단된 다리가 엉덩이에만 살짝 붙어서 움직이는 것 같았다. 원래 그렇게 생긴 것이 아니라, 그렇게 되어 버린 상태 같았다.

줄 없는 줄넘기를 돌릴 때마다 어색하고, 뛸 때마다 자신도 불구가 된 듯한 기분마저 들어 그만하고 싶었지만, 실내에서 할 수 있는 운동 기구 중 이만한 것도 없겠다 싶어 쉬지 않고 뛰었다. 그렇게 한참을 뛰고 있는데 옆 건물 미용실에서 음료수와 치킨 몇 조각을 가지고 왔다. 다이어트 중이어서 먹지 않겠다고 손을 절레절레 흔들었지만, 기어이 카운터 위에 놓고 갔다. 튀긴 지 얼마 되지 않았는지 구수한 치킨 냄새가 승희의 코를 자극했다. 조금 있으니, 입에서 침이 고였고, 위에서는 벌써부터 위산을 내보내고 있었다. 그래도 승희가 치킨에 손도 대지 않자, 뱃속에서 요동을 쳤다. 태아가 엄마 뱃속에서 발길질하듯 오장육부가 한꺼번에 밥 달라고 떼를 쓰고 있었다. 그때 승희의 오른손이 저절로 치킨을 향하고 있었다. 깜짝 놀란 승희는 왼손으로 오른손을 쳤다. 하지만 치킨으로 향하는 손은 멈추지 않았다. 오른손이 치킨 조각을 막 집으려고 할 때 치킨을 접시 채 쓰레기통에 넣었다.

◉ ◎ ◎

"드디어 체중이 움직이기 시작했네요. 참, 잘하셨어요. 물론 그 동안 잘했다는 것이 아니라…… 지금 잘하고 오셨다는 겁니다."

2kg이 빠진 승희의 체중을 확인한 원장님이 말했다.

승희는 원장님 말에 코끝이 찡했다.

"그동안 사슬처럼 촘촘히 뭉쳐서 떨어지지 않던 살들이 움직이기 시작했으니…… 희망이 보입니다. 앞으로도 꾸준히 밀고 나가야 합니다. 여기서 흔들리면 예전으로 다시 돌아갑니다. 목표치에 도달할 때까지는 무슨 일이 있어도 프로그램대로 밀고 나가야 합니다."

"솔직히 너무 힘들어요. 주위에서는 도와주지도 않고, 오히려 식욕을 더 부추기는 사람들만 득실거립니다. 제가 과연 의지대로 끌고 잘 나갈 수 있을지, 자신이 없습니다."

승희는 솔직한 본인의 마음을 말했다.

"여기 오시는 분들 모두가 다 이런 생각 하고 삽니다. 세상에 쉬운 것이 어디 있겠습니다. 기왕 살 빼기로 마음먹었으니 독기를 뽑아내 보세요. 젊을 때는 조금만 노력해도 살이 빠지지만 나이가 들면 들수록 살도 사람과 같아서 고집이 더 세집니다. 아무튼 일단 고집을 조금 꺾었으니 해 볼 만합니다. 3일 후 오실 때는 여기서 2kg이 감량되어 있어야 합니다."

처방전을 받아 들고 진료실에서 나온 승희는 관리실로 바로 들어가지 않고, 화장실로 향했다. 관리실 안에서 사우나 아줌마 목소리가 들리는 듯해서였다. 부딪히고 싶지 않았다. 사람은 끼리끼리 노는 것이 맞지만 끼리끼리 놀다 보면 발전이 없기 마련이었다. 사우나 아줌마처럼 과거에 빠져서 현재를 보지 못하는 꼴 사나운 인간형이 되고 싶지 않았다.

화장실 벽에 붙어 있는 거울 앞에 선 승희는 헬쑥해진 자신의 몰골을 찬찬히 쳐다봤다. 볼이 조금 들어간 듯했고, 목선이 나오는 듯도 했다. 조금 만족스러웠다. 2kg 감량하고 이렇게까지 만족해하고 있는 자신이 조금 우스워 보이기도 했지만, 승희는 자신을 보듬어 주고 싶었다. 사랑해 주고 싶었다. 자신이 자신을 사랑하지 않으면 누가 자신을 사랑해 주나? 자신을 사랑할 줄 알아야 남도 사랑할 수 있다. 그것은 예나, 지금이나 변하지 않는 진리였다.

2kg으로 시작한 체중 감량은 날이 갈수록 가속도가 붙었다. 일주일 만에 3kg이 감량되었고, 그다음 주에는 2kg이 더 감량되었다. 10회 차가 넘어갈 무렵부터 정체기가 지속되고 있기는

했지만, 불만족스러울 정도는 아니었다. 살이 빠진 데는 다이어트 약이 한몫했다. 다이어트 약을 먹고 나면 입맛이 뚝 떨어졌다. 아무리 맛있는 음식이 눈앞에 있어도 입맛이 당기지 않았다. 뿐만 아니라 우울증 효과도 톡톡히 봤다. 만취한 손님이 와서 진상을 부려도 승희는 웃고 있었다. 누가 보면 실성한 여자처럼 보일 만큼 매일매일 그렇게 웃었다. 한데 생리를 보름 넘게 할 때는 심각했다. 선홍색 피가 폭포수처럼 매일매일 쏟아졌다. 2, 3일이면 끝나던 생리가 멈추지 않고, 보름 동안 쏟아지니, 기운이 없었다. 헌혈을 했다면 320g씩 4번은 했을 정도의 피를 몸 밖으로 흘려보냈다. 걱정스러운 마음에 원장님에게 물어보려고 했지만, 약사님 말이 떠올라 참았다. 시도 때도 없이 흐르던 피는 19일 만에 멈췄다. 체중 감량이 빠르게 이루어진 것도 자신의 노력보다는 매일 흘린 피 덕인 것만 같았다. 다행히 빈혈로 쓰러지는 일은 없었다.

체중이 줄어드니 입었던 옷이 커지는 것도 큰 변화였지만 더 큰 변화가 있었다. 그것은 남편의 변화였다. 툭하면 뱃살이 5겹인 돼지라며 옆에 오는 것도 싫어하며 각방을 쓰던 남편이 승희만 보이면 시도 때도 없이 들러붙었다. 남편이 졸졸 쫓아다니던 처녀 시절로 다시 돌아간 기분까지 들 정도로 남편은 변해 있었다.

　마지막 남은 관리를 받기 위해 승희는 병원으로 달렸다. 병원에 가는 길이, 저승 가는 길보다 더 두려웠던 시간이 언제였냐는 듯, 병원으로 향하는 승희의 발걸음은 가벼웠다. 하지만 머릿속은 복잡했다. 살이 더 이상 빠지지 않고, 정체되고 있는 것도 걱정이었지만 목표치에 아직 도달하지 못했는데, 어떻게 해야 할지 고민스러웠던 것이다. 원장님은 그동안 뺀 것이 아까우니 한 세트 더 끊어서 제대로 감량해 보라고 했었다. 오늘은 그것까지 결정해야 하는 날이었다. 여기서 끝내고 혼자 노력해 볼 것인지, 원장님 말마따나 한 번 더 끊어서 완벽하게 목표치에 도달할 것인지 승희는 아직 결정을 내리지 못하고 있었다.

　지금 몸무게는 53kg 전후였다. 60kg부터 시작했으니 이 정도만 빼도 충분히 많이 뺀 것인데 욕심도 생겼고, 돈도 아까웠다. 요즘같이 경기가 좋지 않을 때는 단돈 만 원도 아껴 써야 하는 판국이었다. 남편은 비만 치료가 실비보험이 되는 줄 알고 있었다. 지방분해 주사부터 다이어트 약까지 모든 것이 비급여라는 것을 남편이 알게 된다면 승희의 머리카락은 단 한 가닥도 남아 있지 않을 것이었다. 승희는 병원을 가는 내내 한숨이 나왔다. 하지만 기왕 뺀 김에 확실히 빼고 싶다는 쪽으로 마음이 기울고 있었다.

"헤이, 노래방!"

누군가 승희의 등을 세차게 쳤다. 뒤를 돌아보니 사우나 아줌마였다.

"어머, 오랜만이세요. 요새 병원도 안 오시고……. 어디 좋은데 다니세요?"

승희는 형식적으로 웃으며 말했다.

"그럼, 좋은 데 다니지."

"어디 다니시는데요?"

"나 요새 한의원에서 살 빼고 있어. 두 번 갔는데 벌써 5kg이나 줄었네."

"요 위에 병원이 살은 제일 잘 뺀다고 소개해 준 사람, 어디 갔어요?"

"살이야 잘 빼지. 근데 저 병원에서 내 살은 이제 못 빼. 내 살이 저 병원에서 쓰는 비만약과 지방분해 주사에 내성이 생겼거든. 여기 서는 2주 동안 1kg도 안 빠지던 살이 한의원 한 번 가고 5kg이나 빠졌어. 한의원은 금액도 더 싸지만, 약값도 따로 안 받더라고. 약도 한약이어서 그런가, 속도 쓰리지 않고 좋네. 그래서 말인데…… 당신도 그쪽으로 옮기는 거 어때?"

사우나 아줌마는 호주머니에서 명함을 한 장 꺼내더니 승희에게 주었다.

명함을 보니 '살 잘 빼는 한의원'이라고 쓰여 있었다.

"진짜 잘 빠져요?"

승희는 한동안 잘 빠지다가 정체기에 있는 자신의 몸 상태를 잠깐 생각해 보았다. 이 병원에서 못 뺄 살을 한의원에서 단기간에 뺄 수만 있다면……. 아니, 확실히 뺀다면……. '아니야, 사람이 의리가 있지…….' 승희는 고개를 절레절레 흔들며 정신을 가다듬었다.

"그렇다니까. 진짜, 마술 부리듯 살이 쏙쏙 빠지더라니까."

"알았어요. 지금 좀 바쁘니까요, 생각 좀 해 보고 연락드릴게요."

승희는 사우나 아줌마가 건넨 명함을 받아서 호주머니에 넣고 멈췄던 발을 뗐다.

병원에 도착할 때까지 승희는 호주머니 속에 있는 명함을 계속해서 만지작거렸다. 병원을 오는 동안 승희의 고민은 방향이 달라졌다. 병원 출입문 앞까지 오면서도 그 고민은 진행 중이었다. 오늘 결정해야 하는 날이라 더욱 망설여졌다. 병원으로 올라가는 순간 다시 나올 수가 없을 것만 같았다. 사우나 아줌마가 한의원은 약값도 없고, 금액도 더 싸다고 했다. 거기다 약의 부작용도 없다고까지 했다. 더 중요한 것은 살이 잘 빠진다고 했다. 기왕 빼는 살, 싸고 부작용 없고, 살도 쏙쏙 잘 빠진다면 당연히 그쪽을 선택하는 것이 이성적인 인간의 본능일 것이었다. 승희는 생각 끝에 한 번 남은 클리닉을 포기하고 한의원으로 가기로 마음먹었다. 4만 원이 아깝기는 했지만 지금 병원으로 올라가면 버리는 돈보다 들어가는 돈이 훨씬 많아지니 결정하려면 여기서 해야 했다. 승희는 한의원에 전화하기 위해 호주머니에서 명함을 꺼내 들었다. 번호를 누르려는 순간 병원 출입문이 확 열렸다. 실장님이었다.

"어, 깜짝이야! 승희 씨, 여기서 뭐 해요. 왔으면 들어오지 않고요. 그러잖아도 원장님이 기다리고 계세요. 오실 때가 됐는데 안 오신다면서요. 어서 들어가요."

"아, 네에!"

승희는 들고 있던 명함을 재빨리 호주머니에 다시 넣었다.

"뭐 하고 있어요, 어서 가요! 어머, 살이 많이 빠져서 몸이 솜털처럼 가벼워졌네요. 팔뚝도 뼈밖에 안 잡히네. 진짜 성공하셨네. 승희 씨 처음 왔을 때 생각나요? 그때는 정말 못 할 줄 알았는데…… . 우리 원장님은 역시 개과천선 시키는 데 고수라니까. 그쵸? 승희 씨."

승희는 얼떨결에 실장님에 의해 병원 안으로 끌려 들어가고 있었다. 저항할 수도 없도록 실장님은 양팔로 승희의 겨드랑이를 잡고 걷고 있었다.

"네에, 실장님 말이 다 맞아요."

"그럴 줄 알았어요. 역시 승희 씨는 프로예요, 프로. 완벽한 몸매! 파이팅!"

실장님은 코맹맹이 소리로 말하고는 진료실 문을 활짝 열었다. 승희가 진료실 앞에서 멈칫거리자, 뒤에 서 있던 실장님이 승희의 등을 치며 안으로 떠밀었다.

화장실 소동

(2023 『계간 문장21』 봄호)

'이번에는 꼭 막힌 변기를 뚫어야겠어!'

나는 이 가게를 넘겨받은 첫날부터 숙제로 남아있던 화장실 문제를 꼭 해결하기로 마음먹었다. 한 달 넘게 버텨 왔지만 더는 버틸 수가 없었다.

그동안 화장실을 고치지 못한 이유는 우선순위에서 밀려난 것도 있었지만, 진짜 이유는 주머니 사정 때문이었다. 화장실이나 수도, 하수구 등을 고치는 일은 부르는 게 값이었다. 적어도 백만 원은 넘게 들어갈 터였다. 고장 난 기계, 수도꼭지 등을 고치느라 쓴 돈을 생각하면 아직 엄두가 나지 않았다. 하지만 지금 생각은 달랐다. 돈이 얼마가 들어가든 이번에는 꼭 화장실을 고쳐야겠다는 생각뿐이었다.

이 가게는 화장실만이 문제가 아니었다. 가게 안의 꼴도 말이 아니었다. 사방 어디든, 정상적인 곳을 찾기가 힘들었다. 어림잡아도 70% 이상은 비정상적인 상태였다. 영업할 때 제일 중요한 기계들이 작동되지 않고 있었고, 제자리에 있어야 할 네일아트 재료들은 먼지가 수북이 쌓인 채 여기저기 흩어져 있었다. 그뿐만 아니라 탈의실 겸 탕비실로 같이 쓰던 공간은 쓰레기장이 따로 없었다. 한쪽 구석에는 밀걸레와 빗자루, 쓰레받기, 밥그릇, 수저, 쟁반이 한데 어우러져 있었다. 그 사이사이로 바퀴벌레 수십 마리가 오고 가고 있었다. 바닥에 떨어진 음식을 치우지 않아 썩어가고 있는 곳에는, 바퀴벌레 똥과 알집이 켜켜이 쌓여 있었다. 바닥 또한 몇 년은 닦지 않았는지 새까맸다. 이런 곳에서, 전 사장이 끼니를 해결했다는 것이 믿기지 않을 만큼 더럽고 지저분했다.

나는 인수한 지 한 달이 넘은 지금까지도 치우고, 닦고, 고치는 일을 반복하고 있었다. 그러는 동안 볼살이 쏙 들어갈 정도로 살이 빠졌다. 태어나서 단 한 번도 흘린 적 없는 코피를 세 번이나 쏟았다. 나는 쌍코피가 터질 때마다 전 사장에게 화가 나서 견딜 수가 없었다. 이건 해도 해도 너무하다 싶어서였다. 아무리 3년 전부터 마음 떠난 가게였다지만 최소한 영업에 꼭 필요한 기계는 작동해야 한다고 생각했다. 이런저런 생각에 울화통이 치밀어 오를 때마다 전 사장에게 "네가 사람이냐, 짐승이냐?" 하며 따지고 싶었다.

화장실을 제대로 고치기 위해서는 지금 상태를 꼼꼼히 확인해 봐야 했다. 나는 잔금 치른 날 이후로 여태껏 가 보지 않았던 화장실을 들어가 보았다.

화장실 문을 열자 먼저 눈에 들어오는 곳은 고장 난 변기통이었다. 변기통 안에는 성분을 알 수 없는 새까만 구정물이 가득차 있었다. 미간이 저절로 일그러졌다.

사실, 잔금 치르던 날에도 화장실 상황은 지금과 전혀 다를 바 없었다. 그때 나는 화장실 상태를 보고, 전 사장에게 물었다.

"저 변기 속 구정물은 뭐예요?"

"…… 그러게요."

"그냥 내리면 되는 거 아니에요? 이런! 물 내리는 손잡이가 없네요."

나는 변기 앞으로 고개를 내밀며 말했다.

"그, 그게…… 건물이 오래돼서 물 내릴 때는 수도꼭지를 틀어서 사용해야 합니다."

나는 전 사장의 말이 끝나기도 전에 수도꼭지를 틀어 변기 안으로 흘려보냈다. 하지만 내려가기는커녕 구정물과 수돗물이 희석되면서 물의 양이 점점 더 많아지고 있었다.

"안 내려가고 넘치는데요!"

"저도 해 봤는데요, 잘 안 내려가더라고요."

전 사장은 내 눈을 피하며 말했다.

"설마요, '뻥 뚫어' 한 통이면 해결되겠죠?"

"'뻥 뚫어'는 안 써 봤네요. 한번 사용해 보세요. 그래도 안 뚫리면 앞 건물을 이용하시고요. 저도 그렇게 했습니다. 화장품 가게 사장님에게 5천 원 드리면 한 달은 쓸 수 있을 겁니다."

그때 나는 대수롭지 않게 생각했다. 정말 '뻥 뚫어' 하나면 단방에 해결될 것이라고 생각했다. 그러나 '뻥 뚫어'를 다섯 통을 사다 부어도 구정물은 내려가지 않았다.

다음으로 눈에 들어오는 것은 제법 큰 종이상자였다. 상자는 화장실 공간의 절반을 차지하고 있었다. 도대체 저 속에 뭐가 들었길래 화장실 한쪽을 차지하고 있는지 궁금했다.

나는 벽에 몸을 기대고 들어가 상자를 꺼냈다. 상자가 있던 자리에는 말라비틀어진 지렁이 사체와 담배꽁초가 모습을 드러냈다. 나는 얼굴을 돌린 채 상자를 들고 밖으로 나왔다.

나는 장갑도 끼지 않고 상자를 열어보았다. 상자 안에는 의외의 물건이 들어있었다. 대여섯 켤레의 남자 구두였다. 구두는 연식이 오래돼 보였지만 겉은 멀쩡했다. 그래서 나는 디자인이 제법 괜찮은 구두 한 켤레를 꺼내 바닥에 놓고 구두 표면을 만져보았다. 구두를 만지는 순간 구두를 둘러싼 가죽이 힘없이 부서져 내렸다. 나는 꺼낸 구두를 다시 상자에 담아 쓰레기통에 통째로 넣어 바깥에 내다 놨다. 나는 구두를 버리면서도 께름칙했다. 누구의 것인지 알 수가 없어서였다. 주인이 있는 구두라면 나중에 찾을 수도 있겠다 싶었다. 하지만, 전 사장도 여자였다. 가게 업종 상 남자 구두를 화장실에 보관할 이유는 없었다. 나는 이런저런 생각을 하며 화장실 안을 대충 치웠다. 상자를 정리하니 비좁았던 화장실 공간이 훨씬 넓어졌다. 이제 변기만 고치면 되었다. 최근에 화장실 때문에, 일어났던 수치스럽고 낯 뜨거운 일은 더 이상 생기지 않을 것이었다.

화장실 때문에 생긴 낯 뜨거웠던 두 건의 일을 생각하면 지금도 쓴웃음이 나왔다.

가게 인수를 마무리하고 혼자남은 오후 시간이었다. 마신 것도 없는데 방광에서 신호가 왔다. 가게 화장실은 '뻥 뚫어'가 먹히지 않았기 때문에, 방광이 터질 것 같았지만 참았다. 하지만 참는 데도 한계가 있었다. 더 참다가는 옷에다 실례할 것만 같다. 좋은 방법이 생각나지 않아 발만 동동 구르던 차에 앞 건물을 이용하라는 전 사장의 말이 떠올랐다. 나는 5천 원을 들고 앞 건물 화장품 가게로 부리나케 뛰어갔다. 화장품 가게 사장이 놀란 표정으로 나를 쳐다봤다. 나는 길게 통성명할 시간이 없었다. 일단 5천 원을 내밀며 자초지종부터 얘기했다. 내 말을 다 들은 화장품 가게 사장은 군소리 없이 화장실 열쇠를 내밀었다.

그날 이후부터 지금까지 앞 건물 화장실을 쓰고 있었다. 그러나 순조롭지만은 않았다. 늘 급한 마음으로 횡단보도를 건너다 보니, 신호를 위반하는 일이 잦았고, 옷에 실례할 때도 여러 번 있었다. 그러던 중에 일어난 사건들이었다.

한 번은 소변이 너무 급한 나머지 화장실 안의 문을 잠그지 않고 소변을 보고 있었다. 그때 어떤 남자가 들어왔다. 불이 커져 있으면 누가 있구나, 생각하고 들어오지 않았으면 좋았을 테지만 남자는 미처 생각을 못 한 듯 불쑥 들어온 것이었다. 남자는 화장실 출입문을 열자마자 헉! 소리를 내더니 다시 출입문을 쾅 닫고 나갔다. 남자가 화장실을 나간 이유는 내가 바지를 벗은 채로 일어나 문을 잠그려 했기 때문이다. 남자는 나의 하얀 허벅지를 보고 놀라서 도망간 것이었다.

또 한 번의 사건은 지하 호프집 여사장과 마주친 사건이다. 그때도 나는 화장실 안에서 용변을 보고 있었다. 용변을 한참 보고 있는데 발소리가 지하 계단에서부터 1층까지 들려왔다. 발소리는 화장실 문 앞에서 멈추더니 잠긴 화장실 출입문을 마구 두드렸다. 나는 당황한 나머지 바지 올릴 겨를도 없이 걸어 나와 화장실 출입문을 열어줬다. 그리고는 그 자세로 서서 한소리했다. 출입문이 잠겼으면 열쇠로 문을 따고 들어오면 될 것을, 왜 자꾸 두드리냐고 했다. 호프집 여사장은 허벅지살을 내놓고 정신없이 소리치고 있는 나를 쳐다보더니 고개를 홱 돌리며 밖으로 나갔다. 나는 그때야 상황을 파악하고 바지를 추켜 올렸다. 창피해서 화장실을 나갈 수가 없었다. 하지만 가게를 비워 놓고 왔기 때문에 계속 화장실 안에 머물러 있을 수는 없었다. 나는 얼굴을 푹 숙이고 슬그머니 화장실을 나왔다.

"옷은 입고 나오셔야지, 남자들이 하루에도 열두 번은 넘게 들락거리면서 담배 피우는 곳인데……. 여자가 그게 뭐예요!"

호프집으로 돌아간 줄 알았던 호프집 여사장이 화장실 문 옆에 팔짱을 끼고 서서 말했다.

"……."

나는 할 말이 없어서 머리만 긁적거렸다.

"어디서 오셨어요?"

호프집 여사장은 내가 아무 말도 하지 않자, 혀를 차며 말했다.

"요 앞에서요."

"어디서 많이 본 듯해서 물어봤어요."

호프집 여사장은 나를 위아래로 훑어보며 말하고는 화장실 안으로 들어갔다. 나는 내빼듯 건물을 빠져나왔다.

호프집 여사장 사건이 일어나고 3일이 지났을 때, 그러니까 어제저녁에 염려하고 있던 일이 벌어졌다. 화장품 가게 사장이 가게에 나타났다. 손에는 5천 원이 들려 있었다. 나는 뭔가 심상치 않다 느껴졌지만, 감정을 숨기고 명랑한 목소리로 인사했다.

"안녕하세요, 사장님. 덕분에 화장실 잘 쓰고 있습니다."

화장품 가게 사장은 선수 치는 내 말에 잠시 머뭇거리더니 손에 쥐고 있던 5천 원을 내밀며 말했다.

"죄송한데 화장실 그만 쓰셔야겠어요."

"네?"

"지하 호프집 여사장이 난리네요. 화장실도 지저분해질 뿐더러, 한 해 동안 정화조 푸는 값이 얼마인 줄이냐 아냐면서요. 이유 막론하고 상가 사람들만 쓰자네요."

"전혀 틀린 말은 아닙니다."

나는 풀 죽은 목소리로 대답했다.

"그래요. 그분 말이 다 틀린 말도 아니고, 다 맞는 말도 아니에요. 하지만 워낙 성미가 고약하고 말이 안 통하는 사람이라 그냥 알았다고 했어요."

화장품 가게 사장은 담배꽁초도 아무 곳에나 버리고, 피 묻은 생리대도 굴러다니고, 가끔 구토해 놓을 때도 있어서 눈 뜨고는 볼 수가 없다고까지 말하면서 고래고래 소리를 질렀다고 덧붙였다.

"죄송한데…… 아직도 저희 화장실을 못 고쳤어요. 금방 고칠 테니까요, 그때까지만 좀 사용하면 안 될까요? 이제부턴 잘 쓸게요. 부탁드립니다."

나는 내 코가 석 자라 무작정 부탁했다.

"…… 그럼 호프집 여사장한테만 걸리지 말고 잘 사용해 보세요. 만약 걸리면 화장실 고칠 때까지만 쓴다고 했다고 하시고요."

화장품 가게 사장은 한참을 아무 말 없이 서 있더니 내 부탁을 허락해 주었다. 대신 요령껏 다니라고 했다. 호프집 사장한테 걸리면 또 싸워야 한다면서 신신당부하고 가게를 나섰다.

"정말 감사해요. 고마워요. 화장실 고치면 꼭 열쇠 돌려드릴게요."

나는 가게 문을 나서는 그녀의 뒷모습에 대고 소리쳤다. 그러고 있는 내 모습이 초라해 죽을 지경이었지만 아쉬운 쪽은 나였기에 자존심은 없었다.

　그렇게 하루가 지난 지금, 나는 조금 전에도 화장실을 다녀왔다. 내가 다녀온 곳은 앞 건물 화장실이 아니었다. 오르막길 중간쯤 위치한 동사무소 화장실을 사용하고 왔다. 거리로 따지면 1km가 조금 안 되는 거리였다. 동사무소 화장실은 늦은 저녁만 빼고는 항상 열려 있었으니 내 방광에서, 내 대장에서 신호가 막 잡힐 때쯤만 출발한다면 절대 바지에 실례할 일은 없을 것이었다. 나는 혹시나 손님이 왔다 갈까 봐 '화장실 다녀오겠습니다. 잠시만 기다려 주세요.'라고 출입문에 써 붙여 놓고 갔다 왔다. 발걸음이 더는 앞 건물을 향하지 않아서였다.

　나는 동사무소 화장실을 다녀오자마자, 화장실을 고치기 위해 인터넷을 뒤지기 시작했다. 화장실 수리하는 곳은 생각보다 많이 검색되었다. 나는 가게와 가까운 곳을 먼저 보았다. 아무래도 가까워야 오는 시간, 일하는 시간을 절약할 수 있기 때문이었다. 그다음으로 중요하게 보는 것은 업체 이름이었다. 업체 이름이 좋고 안 좋고는 그리 중요하지 않았다. 나는 직감을 더 중요하게 생각했다.

　나는 가게와 가까우면서도 상호가 마음에 드는 업체 두 군데를 찜해 놓고 연락을 취했다. 첫 번째 전화는 예상대로 받지 않았다. 항상 그랬다. 징크스처럼 작동하는 첫 번째 전화의 틀어짐이었다. 두 번째로 전화한 곳은 금방 받았다. 아저씨는 전화를 받자마자 수리할 곳이 어디냐고 물었다. 내가 화장실을 뚫고 싶다고 했더니 시큰둥한 말투로 바뀌면서 나중에 전화 준다고 하고 먼저 전화를 끊었다. 나는 황당한 나머지 다시 전화를 걸었다.

"아니, 제 말을 끝까지 들어 보시지도 않고 왜 전화를 끊으세요?"

"제가 전화드린다고요! 지금 하는 일이 있어서 그럽니다."

"그럼 처음부터 그렇게 말씀하시면 좋잖아요? 화장실 뚫고 싶다는 말이 끝나기가 무섭게 전화를 끊는 법이 어딨어요?"

"아, 참, 이 아줌마가……. 5, 6만 원 벌려고 거기까지 차 몰고 가서 냄새나는 화장실 뚫고 있겠어요? 누수탐지기나 가지고 가야 돈이 되는데, 그것도 아니고……. 일단 돈 되는 일 먼저 하고 방문할 테니 기다리든지, 다른 곳 알아보세요."

아저씨는 그제야 본심을 드러내는 말을 했다. 나도 질세라 한소리 했다.

"돈 되는 일만 하셔서 떼돈 벌었겠네요? 빌딩 몇 채 장만하셨겠어요? 참…… 때론 작고 초라한 일을 할 때도 있고, 돈이 전혀 안 되는 일을 할 때도 있는 거잖아요! 그러다 보면 돈 되는 일이 걸릴 때도 있는 거고요. 아니에요?"

나는 화가 난 나머지 핀잔 섞인 말을 마구 쏟아냈다.

"아니, 이 아줌마가, 진짜. 보자 보자 하니까 내가 보자기로 보이나? 남이사 돈 되는 일만 하든, 지랄을 하든 아줌마가 무슨 상관인데? 내가 안 가겠다는데."

"알겠습니다. 지금처럼 돈 되는 일만 하시고 꼭! 부자 되세요."

나는 아저씨가 전화를 끊기 전에 먼저 끊었다.

전화를 끊은 지 1분도 되지 않아 핸드폰 벨이 울렸다. 나는 보복성 전화인가 싶어 확인도 하지 않고 핸드폰을 엎어놓고 전화벨이 끊길 때까지 기다렸다. 전화벨이 끊기더니 이번에는 문자 알림음이 울렸다. 나는 문자 내용을 실눈을 뜨고 확인했다. 다행히 방금 통화한 아저씨가 아니었다. 처음에 전화했던 업체 문자였다. 문자에는 "전화 안 받으시네요. 지금 가 보려고 하는데 방문해도 될까요?"라고 쓰여 있었다.

나는 급하니 될 수 있으면 빨리 와 달라고 답장을 보냈다.

통화한 지 두 시간 정도 흘렀을까? 얼굴은 새까맣고 여기저기 시멘트 가루가 묻은 작업복을 입은 아저씨 두 명이 가게 문을 열고 들어왔다. 한눈에 봐도 화장실 때문에 온 듯싶었다.

"화장실은 어디 있습니까?"

"이쪽으로 오세요."

나는 너무 반가운 나머지 웃음꽃이 활짝 핀 얼굴로 열쇠를 들고 좁은 모퉁이를 돌았다. 옆 건물의 헌책방 할아버지가 가져다 놓은 판자들이 쭉 늘어져 있어, 좁은 골목은 사람 한 명 다닐까 말까 할 만큼 좁게 느껴졌다.

"이래 가지고 어디 공사나 제대로 하겠어요? 간신히 사람 한 명이나 지나다니겠는데요."

"그러지 말고, 저 화장실 좀 쓸 수 있게 해 주세요. 판자는 제가 대충 치워 드릴게요."

두 남자는 서로 눈을 마주치며 만족스러운 눈빛을 주고받았다. 아무래도 내가 봉으로 보이는 모양이었다.

"막힌 곳은 일단 뚫어 보고 안 뚫리면 변기를 들어내야 합니다. 변기 들어내면 5~60만 원 정도 들어가요?"

"네, 네. 화장실을 쓸 수 있게만 해 주신다면 얼마든지 드릴게요."

나는 두 말도 하지 않고 대답했다.

내 말이 떨어지기가 무섭게 공사는 바로 진행되었다. 키 작은 아저씨가 차에서 긴 쇠꼬챙이에 돌기가 달린 듯한 장비를 가져와 좁은 변기 속을 쑤셨다. 여러 차례 쑤셔 보고, 휘휘 저어 보더니 바닥을 깨야겠다고 했다. 깨면 정말 돈을 그렇게 줘야 된다고 다시 한 번 강조했다. 나는 고개를 끄덕거렸다. 연변 말씨인지, 경상도 말씨인지 알아차리기 힘든 사투리를 마구 써대며 내게 말을 건네는 키 작은 아저씨의 말에 믿음이 가진 않았지만, 기왕 이렇게 된 거 어쩔 수 없다고 생각하기로 했다.

"사장님, 이쪽으로 와 보세요!"

화장실 안에 있던 키 작은 아저씨가 나를 불렀다.

"막힌 곳을 찾았나요?"

"아니요. 여기 좀 와서 보세요."

변기를 들어낸 곳은 구정물이 한강을 이루고 있었다. 그들은 막힌 곳을 찾아내겠다며 코를 막고 바가지로 구정물을 퍼내고 있었다. 구정물을 퍼낼 때마다 흙과 섞인 황토색 구정물이 길고 좁은 길을 따라 도로로 흘러내려 가고 있었다. 자동차가 도로 한복판에 고인 구정물 밟고 지나갔다. 구정물이 순식간에 사방으로 튀었다. 다행히 사람은 주위에 없었다. 그 상황을 보고 있는 나는 지나다니는 사람들에게 미안한 마음이 가시질 않았다. 특히나 헌책방 할아버지에게 죄송했다. 구정물이 도로로 빠지기 전에 헌책방 사이를 먼저 통과해서였다. 나는 가게 앞을 서성이며 공사가 빨리 끝나기만을 기다렸다. 그때 공중전화 옆에 서 있던 헌책방 할아버지가 나를 불렀다. 내가 가까이 다가가자 입을 뗐다.

"처자, 혹시 처자가 화장실 안에 있던 내 구두, 다 버렸나?"

"네?"

나는 뜨끔했지만, 못 들은 척했다.

"구두가 나와 있는 것을 봤는데…… 혹시나 처자가 버렸나 해서."

"그 구두들 제가 버렸어요. 꺼내 봤더니 구두 가죽이 으스러지더라고요."

나는 더는 시치미를 뗄 수가 없어서 자백했다.

"아니, 그걸 그냥 버리면 어떻게 하나? 내가 찬찬히 지켜보니까

처자는 무엇이든 눈에 거슬리는 꼴을 못 보는 성격 같긴 했지
만…… 그렇다고 물어보지도 않고 남의 구두를 버리면 어떻게
하겠다는 건가?"

"네?"

헌책방 할아버지 얘기를 듣고 있으니 좀 말이 안 맞다는 생각
이 들었다. 지금 고치고 있는 화장실은 옆 건물 화장실이 아니었
다. 헌책방은 옆 건물에 있었다. 옆 건물 화장실은 모퉁이를 돌
아가야 있었다. 그런데 헌책방 할아버지는 본인이 사용하는 화
장실처럼 말하고 있어서였다.

"자꾸 못 듣는 척만 할 건가?"

헌책방 할아버지는 내가 입을 다물어 버리자 소리치듯 말했다.

"죄, 죄송합니다. 제가 할아버지 구두인지 모르고 버렸습니다.
하지만 구두가 정말 다 썩고 있었습니다. 단 한 켤레도 신을 만
한 구두가 없었어요."

마음 같아서는 어처구니없는 헌책방 할아버지의 말에 입바른
소리를 하고 싶었지만, 나이 드신 할아버지와 실랑이하고 싶지
않아 사죄의 뜻을 전했다. 헌책방 할아버지는 나의 그런 행동을
보고 용서한다는 듯 피식 웃었고, 더는 구두에 대해서 말하지
않았다. 나는 한참 있다가 표정이 한결 부드러워진 헌책방 할아
버지에게 궁금점을 물어봤다.

"사장님, 근데 왜 우리 건물 화장실에 구두를 보관하셨어요?
헌책방은 옆 건물이잖아요."

내 물음에 헌책방 할아버지가 바로 대답했다.

"20년 전에는 처자가 있는 건물에서 헌책을 팔았지. 장사는 안 되고 월세는 점점 올라가서 옆 건물로 옮긴 거야."

"그러셨군요."

나는 헌책방 할아버지의 속사정을 알고 나니 무턱대고 구두를 버린 내가 더 나쁜 사람처럼 느껴졌다.

내가 할아버지와 구두 얘기하는 동안 구정물을 열심히 퍼내던 아저씨 한 분이 나를 불렀다.

내가 나타나자 키 작은 아저씨가 바닥이 드러난 변기 안을 가리키며 말했다.

"물을 다 퍼내고 보니까 막힌 곳이 화장실 쪽이 아니고 정화조 쪽이네요. 아무래도 정화조에서 나가는 통로가 막힌 듯하네요."

아저씨 말을 다 들은 내가 그럼 어떻게 해야 하느냐고 묻자, 일단 화장실을 원래대로 만들어 놓고 다시 얘기하자고 했다.

화장실은 얼마 지나지 않아 원래대로 되돌아왔다. 변기의 모양, 색깔, 위치까지 똑같았다. 바뀐 것이 있다면 헌 변기에서 새 변기로 교체된 것뿐이었다.

"양변기로 좀 바꿔 주시지 그러셨어요? 물 내리는 스위치를 설치해 주시든가요."

"처음에 그런 말은 없었잖습니까?"

키 작은 아저씨가 말했다.

"전문가가 딱 보면 모르겠어요. 요즘 누가 수도꼭지 틀어서 용변 처리합니까? 구석기 시대도 아니고요."

"아무튼, 우리가 할 일은 다 했으니 공사비 50만 원 주시면 됩니다."

키 작은 아저씨는 딱 잘라 말했다.

"네?"

나는 눈이 휘둥그레졌다. 내 귀를 의심했다. 그들이 와서 한 일은 1시간여 동안 변기 깨서 들어내고, 물 퍼내고, 다시 똑같은 변기를 그 자리에 앉혀 놓은 게 전부였다. 화장실을 쓸 수 있게 해 준 것도 아니었다. 그런데 50만 원이라니 어처구니가 없게 느껴졌다.

"저희 똥물 푸느라 혼났습니다. 냄새는 또 오죽 독했게요."

이번에는 키 큰 아저씨가 말했다.

"제 말은 똥물 푼 대가치고는 너무 많이 받는다는 거예요. 변기 단가도 몇만 원 안 했을 텐데요?"

"원래 바닥 깨면 다들 이 정도는 받아요. 혼자서 할 수 있는 일도 아니잖아요. 사업하는 사람들끼리 왜 그러세요. 좀 전에 일하는 데서도 잠깐 일하고 60만 원 받아 왔구만…… . 이체받은 거 보여 줄까요?"

"됐습니다. 계좌번호나 불러 주세요."

나는 일면의 양심도 없는 사람들에게 계속 말해봐야 아무 소용 없다고 생각해서 스마트 뱅킹을 통해 바로 입금해 줬다.

입금을 확인한 그들은 자리를 뜨기 전에 정화조 얘기를 슬쩍 꺼냈다. 건물주와 상의해서 하루라도 빨리 정화조부터 해결하라고 했다. 그렇지 않으면 조만간 2층에서 내려온 똥물이 가게로 흘러넘쳐 아수라장이 될 거라고 했다. 정화조 내에서만 해결되는 문제라면 다행이지만 정말 밖으로 나가는 길목이 막힌 거라면 포클레인을 동원해야 한다고 했다. 그렇게 되면 가게 진열장 밑에서부터 바깥, 사람 다니는 길까지 다 깨부숴야 하는 큰 공사가 된다고 했다. 공사비도 300만 원은 넘게 들 거라고 겁을 줬다. 나는 대꾸 없이 고개만 끄떡거렸다. 두 아저씨는 아무 반응 없는 나에게 더는 설명하지 않고 세워둔 트럭에 올라탔다. 그들은 내심 자신들이 공사를 맡았으면 하는 듯했지만, 어떤 큰 공사가 된다고 해도 나는 그들에게 맡기고 싶지 않았다.

다음 날 아침 일찍, 건물주 내외가 가게를 방문했다. 전날 내가 보낸 문자를 확인하고 온 것이었다. 나는 문자에 화장실 상태와 아저씨들에게 들은 정화조 문제를 종합적으로 써서 보냈었다.

건물주 내외는 오자마자 화장실부터 확인했다.

"화장실은 원래대로 다 해 놨네."

건물주 사모님이 말했다.

"네. 이렇게 원상 복구만 해 놓고 50만 원 받아 갔어요."

"이 새끼들 완전히 날강도네. 화장실 바닥 조금 깼다고 그렇게나 많이 받아 가? 정화조까지 다 고쳐도 50만 원이면 충분할 텐데."

건물주 사모님은 생각할수록 화가 나는지 다시 말을 이었다.

"진짜 칼만 안 들었지 날강도 새끼들이야. 정화조 푸는 사람들 불러서 해결하면 되는데 괜히 생돈만 날렸어. 그리고 무슨 생각으로 포클레인 타령을 했는지 몰라? 정화조 열어서 오물 나가는 위치만 찾아서 쭉쭉 빨아들이면 금방 뚫릴 일을."

"저도 그렇게만 해결되면 정말 좋겠어요. 아저씨들 말마따나 공사가 커져서 포클레인 쓰게 되면 가게 안을 다 부숴야 되잖아요. 가게 인수한 지 한 달밖에 안 됐는데요."

"걱정하지 말아요. 그럴 일 절대 안 생겨요."

건물주 사모님은 확신에 찬 말을 하고는 어디론가 전화를 걸었다. 통화 내용을 들어보니 정화조 푸는 날을 예약하고 있었다.

"10월 6일, 아침 6시에 뵙겠습니다."

드디어 정화조 푸는 날이 되었다. 예약이 새벽 6시니 아직 2시간은 족히 남았다. 나는 정화조 차를 기다리기 위해 가게에서 날을 샜다. 집에서 자면 예약 시간에 맞춰 나올 자신이 없어서였다. 잠자리가 불편했지만, 이 일이 내 생애 최대 고비라고 생각하니 참을 만했다. 기도가 저절로 나왔다. 제발 정화조 안에서 모든 문제가 해결되길 바란다는 기도였다. 이 좁은 가게에 포클레인이 등장한다는 것은 생각도 하고 싶지 않았다.

가게를 인수할 때는 인테리어도 한몫했다. 전 사장의 소홀한 가게 관리로 안쪽은 쓰레기장을 방불케 했지만, 손님 다니는 곳은 제법 깔끔하고 인테리어도 예쁘게 잘되어 있었다. 깔끔한 진열장 또한 마음에 들었다. 그래서 권리금도 3천만 원이나 준 것이었다. 그런데 운영한 지 한 달 만에 다 때려 부술 수도 있다고 생각하니, 불안하지 않을 수 없었다.

만약에라도 가게 바닥을 뜯어내야 하는 상황이 된다면 나는 인테리어를 다시 할 만한 여유자금이 없었다. 가게 인수할 때 있는 돈 없는 돈 탈탈 털어서 투자했기 때문이었다. 내 상황이 이러니 건물주 사모님 말처럼 정화조 차에 있는 호수가 쭉쭉 빨아들여 막힌 곳이 뻥 뚫렸으면 하는 간절한 마음뿐이었다. 건물주 내외도 일찍 와서 정화조 묻힌 곳을 확인해 본다고 했으니 곧 오실 때가 됐다.

"일찍 왔네."

작은 바늘이 5시를 향하고 있을 때쯤 건물주 사모님이 가게 문을 열고 들어왔다.

"저 집에 안 갔어요."

"아이고, 피곤해서 어떻게 하노?"

"괜찮아요. 하룻밤 잠 못 잔다고 설마 죽기야 하겠어요? 이 일이 훨씬 더 중요하죠."

"아무튼, 김 사장한테 내가 많이 미안해요. 화장실이 저렇게 생긴 것은, 나도 예전부터 알고는 있었어요. 전 사장한테도 말했었고……. 나는 전 사장이 고쳐 놓고 김 사장한테 넘긴 줄만 알

앉지 뭐야. 이럴 줄 알았으면 전 사장한테 보증금 빼 주기 전에 쇼부 봤을 텐데 말이야. 이래저래 나도 전 사장이 괘씸해 죽겠어. 제일 기본적인 화장실을 고장 난 채로 넘기고 갈 거라고는 꿈에도 생각 못 했어."

"지금 와서 전 사장 원망한들 무슨 의미가 있겠어요. 제 무지함이 더 커요. 인수하기 전에 꼼꼼히 살피고 확인했어야 하는데, 너무 안일하게 대충대충 넘겨서 그래요. 제 탓입니다."

사모님과 커피를 마시며 대화하고 있는데 건물주 사장님 해머를 들고 나타났다. 사모님이 어디다 쓰려고 그러냐고 물으니 정화조 묻힌 곳을 깨야겠다고 했다. 아무래도 거기가 문제인 듯싶다고 했다.

"정화조는 어디에 묻혀 있는데요?"

내가 물었다.

"이 밑에 묻혀 있어요."

사장님이 진열장 밑을 손짓했다.

나는 그 말을 들은 순간 또 한 번 놀랐다. 대부분의 정화조는 건물 밖에 묻혀 있는 것이 보통인데 가게 정중앙 바닥에 묻혀 있다고 하니 상상이 가질 않아서였다.

"이쪽으로 와서 같이 좀 밀어요."

건물주 사장님이 묵직한 진열장을 있는 힘껏 밀면서 나를 불렀다. 나는 커피잔을 내려놓고 진열장 미는 데 동참했다. 진열장은 보기보다 무거웠다. 그래도 어른 둘이 밀어붙이니 옆으로 쭉쭉 밀렸다. 그때 정화조로 통하는 짧게 나온 관이 나타났다. 그 외엔 별다른 특이점이 없었다. 말 그대로 타일로 덮인 바닥이었다.

건물주 사장님도 타일 바닥을 찬찬히 쳐다보더니 들고 있던 해머로 타일 바닥을 깨기 시작했다. 그러면서 혼자 말로 중얼거렸다.

'이게 문제였어. 내 생각이 맞았네.'

건물주 사장님이 문제라고 생각한 곳은 타일 바닥이었다. 정화조를 풀 때는 정화조 통에 쌓여 있는 오물찌꺼기까지 모두 퍼내야 하는데, 정화조 통을 타일로 묻어놓고 짧은 관만 빼놨으니 정화조 청소가 제대로 됐을 리가 없었다는 것이었다. 짧은 관에서 물만 빠져나가고 남은 오물찌꺼기가 8년 동안 쌓여 갔다는 것이었다. 그러다 보니 결국은 화장실 물도 내려가지 않게 되었다는 것이다. 나는 건물주 사장님 말에 일리가 있다는 생각도 들었지만, 정화조 차가 와서 직접 푼 후에야 제대로 된 결과를 알 수 있을 것만 같았다.

짧은 관을 가운데 놓고 반경 1m 내외에 있는 타일을 깨부수자, 그때야 베일에 싸여있던 정화조의 실체가 드러났다. 타일 밑에는 짧은 관과 연결된 정화조 뚜껑이 보였다. 뚜껑을 열자, 악취 나는 구정물이 한계선을 훨씬 넘은 상태로 일렁이고 있었다. 일렁이는 구정물은 금방이라도 넘쳐흘러 가게 바닥을 덮칠 것만 같았다. 나는 상상만 해도 가슴이 덜컥 내려앉은 기분이었다.

때마침 정화조 차가 시간에 맞춰 나타났다. 정화조 차는 도로 옆에서 멈추더니 아저씨 한 명이 내려 정화조 차와 연결된 긴 호스를 끌고 가게 안으로 들어왔다.

"정화조 어디에 있어요?"

"여기요."

건물주 사장님이 정화조를 손가락으로 가리키며 말했다.

정화조 위치를 확인한 아저씨는 잡고 있던 호수를 정화조 속에 푹 집어넣었다. 그리고는 밖을 향해 손짓했다. 신호를 받은 차 안의 다른 아저씨가 스위치를 올렸는지 정화조 안의 구정물이 호수 속으로 빨려 들어가기 시작했다. 엄청난 압력으로 구정물을 뽑아내니 순식간에 정화조가 바닥을 들어냈다. 바닥에는 건물주 사장님이 예상했던 대로 걸쭉한 오물이 켜켜이 쌓여 층을 이루고 있었다. 아저씨는 거의 다 됐다며 호수를 뽑을 준비를 하고 있었다. 건물주 사모님이 이때다 싶어 아저씨에게 수고비를 더 드릴 테니 신경 좀 더 써달라고 말했다.

"알겠습니다."

정화조 아저씨는 흔쾌히 허락했다.

이때부터 나의 물 나르기는 시작되었다. 내 몸통 만한 양동이 두 개에 물을 담아 번갈아 가며 정화조 통에 붓기 시작했다. 그렇게 물통을 들고 왔다 갔다를 7번 했을 때 정화조 아저씨는 호수를 뽑았다. 건물주 사모님은 아저씨에게 약속한 대로 15만 원을 찔러 주었다. 회사 원칙으로는 3만 3천 원만 받아 가면 되었지만, 마다하지 않고 챙겨 갔다.

정화조와 한바탕 씨름을 하고 나니 어느새 바깥이 환해져 있었다. 아침 일찍 출근하는 사람들도 버스정류장 앞으로 모여들고 있었다. 똥차가 왔다 간 흔적 때문에, 사방에서 똥 냄새가 진동하고 있었다. 나 또한 녹초가 되어 있었다. 더는 움직일 힘도 없었다. 하지만 꼭 확인해 봐야 할 일이 있었으므로 나는 만신창이가 된 몸을 이끌고 화장실로 가 변기 안을 확인했다. 세상에 변기 안은 깨끗했다. 가득 차 있던 구정물이 한 방울도 남아, 있지 않았다. 나는 그때야 안도의 한숨을 내쉬었다. 이제 됐다. 싶었다. 하늘이 도왔다 싶었다. 포클레인은 안 와도 되겠다 싶었다. 나는 가슴을 쓸어내리며 가게로 돌아왔다.

"어때요?"

건물주 사장님이 자신이 사방으로 깨 놓은 타일 조각을 쓸어 모으며 물었다.

"물, 방울 하나 안 남기고 다 내려갔어요."

"아이고, 잘됐네. 이제 김 사장, 한숨 돌려도 되겠네."

건물주 사모님이 미소 띤 얼굴로 말했다.

"감사합니다. 다 두 분 덕입니다."

나는 고개를 연거푸 숙이며 말했다.

"아니야, 김 사장이 마음고생 많았지, 뭐."

나는 피식 웃었다.

"이제 그만하시고 집에 가세요. 나머지 일은 제가 할게요.

나는 쪼그리고 앉아 있는 건물주 사장님 어깨를 잡아당기며 말했다. 하지만 건물주 사장님은 꼼짝도 하지 않고 타일 조각을 한곳에 모으고 있었다. 나는 건물주 사모님에게 눈치를 줬다. 내 눈치를 알아차린 건물주 사모님이 자신의 남편을 억지로 일으켜 세워 떠밀 듯 가게 밖으로 데리고 나갔다. 나는 뒤따라 나가 안녕히 가시라고 인사하고 가게 문을 안쪽에서 잠갔다.

'휴우, 이제 좀 자야겠다.'

한동안 시끌벅적했던 가게가 조용해지자 피곤이 몰려왔다. 나는 의자 두 개를 붙이고 그 위에 누워 천장을 바라봤다. 머릿속에서는 아직 해결되지 않은 일들이 스쳐 지나가고 있었다. 손잡이도 없는 좌변기를 양변기로 바꿔야 하고, 진열장 밑에 자리 잡은 정화조 통도 밖으로 표시 나지 않게 숨겨야 하고, 바닥에 널브러져 있는 타일 조각도 치워야 하고, 앞 건물 화장실 열쇠도 반납해야 하고……. 나는 머리를 흔들었다. 급한 불은 꺼졌으니 내일 일은 내일……. 나는 잡생각을 뒤로하고 눈을 질끈 감았다.